「オーレリア様、あなたを見込んで
お願いがあります。できれば、
僕に手を貸してはいただけませんか？」
「手を貸す、ですか？」
きょとんとしたオーレリアに、彼は続けた。

ギルバート
エリーゼル侯爵家の長男。
天才的な魔剣の使い手だが、
ある日戦いの中で大怪我を負い、
余命も長くない状態が続いている。
フィル
エリーゼル侯爵家の次男。
兄であるギルバートの回復を
日々祈っている。
オーレリア
フォルグ子爵家の長女。治癒師。
トラヴィスと婚約関係にあったが、
それが解消されたのち、
大怪我を負って臥せっていたギルバートに嫁ぐ。

ブリジット
フォルグ子爵家の次女。
オーレリアの妹。
トラヴィス
ギュリーズ伯爵家の次男。
かつて婚約者だった
オーレリアを愛していたが、
その心は徐々にオーレリアの妹の
ブリジットに移っていった。
ミリアム
治癒師であり、
ギルバートの元婚約者。

「愛しているよ、オーレリア」
サファイアのような深い青色の瞳で
ギルバートに見つめられ、
オーレリアの胸は大きく跳ねた。
日を追う毎に、
さらに輝くばかりの美貌を取り戻しつつあった。

傷物令嬢の最後の恋
The Last Love of the Scarred Lady
瑪々子
Illustrator
白谷ゆう

CONTENTS

イラスト：白谷ゆう

デザイン：苅籠由佳(KOMEWORKS)

第一章

第一節　婚約者の裏切り

オーレリアは、婚約者であるトラヴィスの姿を捜して、淡い月明かりの下を王宮の中庭に出ていた。薄暗い周囲を見回す彼女の赤紫色の瞳が、不安げに揺れる。

その晩、ラシュトル王国の王宮では、大規模な魔物討伐の成功を祝って祝勝会が開かれていた。その立役者として、王国軍を勝利に導く華々しい活躍をしたトラヴィスはもちろんのこと、彼の婚約者であるオーレリアも王宮に招かれていた。トラヴィスは、その秀でた魔剣の才能から、若くして王国の期待を一身に背負っている。そんな彼は、凛々《りり》しく美しい容貌も相まって、祝勝会でも多くの人々に囲まれていた。

けれど、オーレリアは、祝勝会の会場にいる間はトラヴィスの隣ではなく、少し離れた場所から彼の姿を眺めていた。

（私がお側《そば》にいたら、きっとトラヴィス様のご迷惑になってしまうもの）

オーレリアのこめかみには、大きな傷痕がある。彼女の亜麻色の髪の間から覗《のぞ》くその傷痕は、彼女が以前、魔物からトラヴィスを咄嗟《とっさ》に守った際に負ったものだった。

今やラシュトル王国の魔剣の使い手の中で五本の指に入り、若手最強と言われるまでにすっかり名を上げたトラヴィスが、まだオーレリアとの婚約を続けているのは、その負い目からだろうと密《ひそ》やかに囁《ささや》かれていた。

オーレリアは、治癒師の家系であるフォルグ子爵家の生まれだ。遺伝に基づき家格と魔力の強さはほぼ比例すると言われる中で、彼女は幼い頃に子爵家の血筋にしては非凡な魔力が認められ、将来を嘱望されていた。その噂《うわさ》を聞き付けたギュリーズ伯爵家のトラヴィスが、二つ年下のオーレリアを一目で気に入ったこともあり、六年前、オーレリアが十二を数える年には、既に二人の婚約が調っていた。

魔剣の使い手は、単なる剣を遥《はる》かに凌駕《りょうが》する力を発揮できる反面、身体《からだ》にかかる負荷も大きい。そのために、パートナーには治癒師が選ばれることが多い。戦いの都度、疲弊した身体を十分に癒《いや》さないと短命に終わることが多いため、通常、これと決めた治癒師と早い段階で婚約を結ぶのだ。そして、大抵は一緒に戦いの場に赴く。治癒師との相性やその魔力によっても、魔剣に反映される力が異なってくると言われていた。

ところが、トラヴィスが目覚ましい実力を発揮し始めたのに対して、残念なことに、オーレリアには期待されたような魔力の伸びは見られなかった。今では同年代の治癒師の平均にも満たない魔力しか認められないオーレリアには、トラヴィスが最近、自分に対して苛立《いらだ》ちを隠せずにいるのが感じられた。

トラヴィスがオーレリア以外の治癒師をパートナーに選べば、さらなる活躍が期待できるはずだという心無い声も、少なからず彼女の耳に届き始めていた。

祝勝会のほんの始めのうちこそ、トラヴィスはオーレリアをエスコートしていたけれど、その後は彼女をほったらかしにして、その存在を気にする様子もなく、自分を囲む者たちとの会話に興じていた。人垣に視界を遮られ、いつの間にか見失ってしまった彼の姿を捜し回って、オーレリアは中庭まで足を向けていたのだった。

(こんなところにいらしたのね、トラヴィス様は)

薄暗い中で、オーレリアの瞳が彼の鮮やかな赤髪をはっきりと捉える。けれど、トラヴィスに近付こうとしたオーレリアは、木陰ではっと足を止めた。彼が隣にいる誰かと談笑する声が、風に乗って聞こえて来たからだった。

「トラヴィス様。本当に、このままお姉様と結婚なさるおつもりなのですか?」

甘く拗《す》ねるような聞き慣れた声が、彼の隣から響く。

(……あれは、ブリジットの声だわ)

ブリジットは、オーレリアの年子の妹だ。オーレリアが顔に大きな傷を負う前は、二人は美人姉妹としてよく知られていた。姉よりも赤みの強い赤紫の瞳と、ふわふわとカールした亜麻色の髪をしたブリジットは、その顔立ちこそオーレリアに似ているものの、穏やかなオーレリアと、勝ち気な妹が醸し出す雰囲気は対照的だった。

このところ、治癒師としての頭角をめきめきと現し始めたブリジットは、今回の魔物討伐にも同行していた。そして、彼女がトラヴィスの側にいる姿を、オーレリアもよく見掛けていた。

「どうして、そんなことを聞くんだい？」

トラヴィスの問い掛けに、ブリジットが憤慨したように答える。

「だって、せっかくのトラヴィス様の素晴らしい才能が、お姉様に足を引っ張られてしまうなんてもったいないですわ。そんなことは、皆わかっていると思いますけれど」

固まっていたオーレリアの耳に、どこか満足気なトラヴィスの声が届く。

「そうかい？　……まあ、あんな醜い傷痕のある顔では、オーレリアには俺以外に貰《もら》い手《て》など見付からないだろうからな。諦めるしかないよ」

息を潜めてその言葉を聞いていたオーレリアは、みるみるうちに青ざめた。

（やっぱりそうだったのね）

痛む胸を抱えたオーレリアの視線の先で、トラヴィスがブリジットの髪を指先でするりと梳《す》く。

「君のように美しく、才能に溢《あふ》れた治癒師が隣にいてくれたなら、どんなにいいだろうとは思うがね」

ブリジットは、上目遣いにトラヴィスを見た。

「それなら、お姉様ではなく、私を選んではいただけませんか？」

彼は、ブリジットの言葉に満更ではなさそうな顔で笑った。

「それができるなら理想だが、オーレリアが首を縦には振らないだろう。彼女は俺に惚《ほ》れ込《こ》んでいるからな」

確かに、オーレリアが今までトラヴィスを愛していたことは事実だった。かつて、顔に傷を負ってまでトラヴィスを庇《かば》ったのも、彼のことを想《おも》うが故だったし、そのことを後悔してはいない。けれど、彼の言葉を聞くうちに、今まで目を背けてきた現実を思い知らされてもいた。

婚約したばかりの時は、トラヴィスははにかみながらも輝くような笑顔をオーレリアに向け、大切に扱ってくれていた。けれど名声を得ていく中で、オーレリアに対する彼の態度は少しずつ冷たくなり、時に感情のまま苛立ちをぶつけられたり、あからさまに邪険にされたりすることもあった。一方、彼女の妹であるブリジットには、トラヴィスは次第に甘い笑顔を向けるようになっていたのだ。

(トラヴィス様にはもう、私に対する気持ちは残ってはいなかったのね。なのに、私はそれを言葉で直接告げられてはいないからと、見て見ぬふりをしてきたのだわ)

傷付いて瞳に涙を浮かべるオーレリアとは対照的に、ブリジットはふふっと無邪気に笑った。

「お姉様の長所は、身の程をきちんと弁《わきま》えていらっしゃるところなの。……ねえ、そこにいらっしゃるのでしょう、お姉様?」

ブリジットに視線を向けられたオーレリアは、顔を引《ひ》き攣《つ》らせたまま立ち尽くしていた。そんな彼女の姿に、トラヴィスの茶色の目が、はっとしたように見開かれる。

「オーレリア、いつからそこに?」

「……少し前からですわ」

青い顔をしたオーレリアを見つめて、ブリジットは微笑《ほほえ》んだ。

「私たちの会話も聞いていらっしゃいましたよね? なら、トラヴィス様の婚約者の地位を私にいただけませんか。……お父様とお母様も、お姉様がトラヴィス様の足手纏《あしでまと》いにならないかと心配していらっしゃったのよ?」

(お父様と、お母様まで……? それは知らなかったわ)

黙ったまま俯《うつむ》いたオーレリアに、ブリジットは畳み掛けた。

「お姉様、その醜い傷痕の責任をどうしてもトラヴィス様に負わせたいのでなければ、トラヴィス様を私に譲ってくださいませ。……それとも、まさか、最近のトラヴィス様のご活躍はご自分の支えによるものだと、そう思い上がってでもいらしたのですか?」

自分を眺めるトラヴィスの顔が不快そうに歪《ゆが》むのを眺めながら、オーレリアは首を横に振った。

「そんなことはまったく思ってはいないわ」

悲しげな瞳で、オーレリアがトラヴィスを見つめる。

「トラヴィス様。今まで私の元に貴方《あなた》様をお引き留めしてしまい、申し訳ありませんでした。ご迷惑をお掛けしてしまったこと、お詫《わ》びいたします」

「……オーレリア」

頭を下げたオーレリアに焦ったように近付こうとしたトラヴィスの腕を、ブリジットがすかさず摑《つか》む。

「トラヴィス様には、もう私がおりますわ。なのに、まだお姉様が必要なのですか？」

彼は無言のままブリジットから目を逸《そ》らした。けれど、トラヴィスはオーレリアにもそれ以上の言葉は掛けなかった。

やるせない気持ちを胸の奥に押し込めながら、オーレリアは最後にどうにか笑顔を作った。

「貴方様がブリジットを選ぶなら、私はそのお気持ちに従います」

「ありがとうございます、お姉様！」

ぱあっと明るい笑みを顔いっぱいに浮かべたブリジットが、ぎゅっとトラヴィスの腕に抱き着く。

思わず涙が零《こぼ》れそうになり、オーレリアは二人に背を向けるとすぐに小走りに去っていった。

そんな三人のやり取りを、木陰から眺めていた少年の姿があった。

「ふうん……」

彼が思案顔でオーレリアの背を眺めていたことには、その場の誰も気付いてはいなかった。

＊＊＊

オーレリアは、中庭の木立の間を抜けると、失意のまましばらく無心で駆けていった。一刻も早く、トラヴィスとブリジットの視界から消え去りたかったからだ。婚約者だったトラヴィスを今まで信じて縋《すが》っていた自分が情けなく、恥ずかしく感じられて、オーレリアはそのまま消えてなくなってしまいたいような気分だった。

王宮の外門《そともん》が視界に大きく映り始め、肩で息をしながら速度を緩めたオーレリアは、石畳に躓《つまず》いて足を縺《もつ》れさせた。

「……あっ」

前のめりに石畳に転んで、擦りむいた彼女の腕に血が滲《にじ》む。土埃《つちぼこり》に塗《まみ》れたドレスを見たオーレリアの瞳から、一筋の涙が零れた。酷《ひど》く惨めな気持ちになり、オーレリアは起き上がる気力も湧かずに、そのまま地面に座り込んでいた。

しばらくぼんやりとしていた彼女の背後から、声が掛けられる。

「大丈夫ですか？」

まだ幼さの残る高い声の主へと振り返ると、そこには立派な服装をした少年が立っていた。一目で高位貴族の令息とわかる彼に手を差し伸べられて、オーレリアは慌ててその手を借りて立ち上がった。

「ありがとうございます」

そこにいたのは、彼女よりも少し背の低い少年だった。年の頃は十一、二歳ほどと思われる可愛《かわい》らしい少年が、じっとオーレリアを見上げていた。

「オーレリア様。よかったら、これを」

綺麗《きれい》なハンカチを礼儀正しく差し出され、自らの頬を伝っていた涙に気付いたオーレリアは、思わず顔を赤く染めると慌てて涙を拭った。

「すみません、お見苦しいところをお目にかけてしまって」

「いえ。……あんなに酷い仕打ちをされたら、動揺するのも当然です」

柔らかそうな濃紺の髪に、大きな碧眼《へきがん》をした少年が、顔を顰《しか》めてちらりと中庭の方を振り返る。

(この方は、さっきの私たちのやり取りを見ていらしたのね。だから私の名前をご存知なのかしら)

瞳を揺らして俯いたオーレリアに向かって、彼は眉尻を下げた。

「ごめんなさい。盗み聞きするつもりはなかったのだけれど、偶然あの場に居合わせてしまって」

見た目の割には大人びた口調の少年に向かって、彼女は首を横に振った。

「こちらこそ、せっかくの祝勝会の夜に申し訳ございませんでした。あの、貴方様は……？」

「申し遅れました。僕はフィル・エリーゼルと申します」

オーレリアが小さく息を呑《の》む。

「では、あのエリーゼル侯爵家の……？」

「はい、そうです」

エリーゼル侯爵家は、ラシュトル王国の中でも名門中の名門と言われ、歴史に名を残す魔剣の使い手を数多く輩出してきた、王族とも遠縁に当たる由緒正しい家門だ。

（エリーゼル侯爵家には優秀な次男がいると聞いていたけれど、それがこの方だったのね。こんなに若くして、前線で戦っていたなんて）

今回の魔物討伐は、いくつかの隊に分かれて行われたため、オーレリアは、別の隊にいた彼とは魔物討伐の場で直接顔を合わせてはいなかった。けれど、成年の魔剣士に負けず劣らず優れた腕を見せていたと、オーレリアもフィルの評判を耳にはしていた。

「オーレリア様。もしよろしければ、僕の馬車で、これからオーレリア様のご自宅までお送りさせていただけませんか？」

にこっと笑ったフィルが彼女を見上げる。

「……よろしいのですか？」

何事もなく祝勝会が終われば、オーレリアはブリジットと一緒に、トラヴィスに家まで馬車で送り届けてもらう予定だった。

けれど、あのようなことがあった後では、どうしても二人と同じ馬車に乗る気にはなれなかった。ただ、オーレリアは、自身の土埃に塗れたドレスが気になっていた。

「でも、私、ドレスが汚れてしまって。馬車を汚してしまっては申し訳ないですから」

「そんなこと、何も気にしないでください。さ、行きましょうか」

小さな紳士といった様子のフィルに手を引かれて、オーレリアは王宮の外門から外へと出た。立派な馬車に恐縮しながら乗り込むと、オーレリアは遠慮がちに彼に尋ねた。

「あの、どうしてこれほど私に親切にしてくださるのですか？」

「以前、兄のギルバートがオーレリア様に助けていただいたことがあったのですが、覚えていらっしゃるでしょうか。そのお礼だとでも思ってください」

（フィル様は、そんなことまでご存知だったのね）

オーレリアが驚きに目を瞠《みは》る。

エリーゼル家の若き当主、ギルバート・エリーゼル。彼は、歴代のエリーゼル侯爵家が輩出した魔剣の使い手の中でも、稀代《きたい》の天才と言われていた。ラシュトル王国中にその名を轟《とどろ》かせていたギルバートに簡単な治癒魔法を掛けたことが、オーレリアにはかつて一度だけあった。その直後に、彼女が魔物からトラヴィスを庇ってこめかみに傷を負ったことから、その時の魔物討伐で起きたことは、良くも悪くもはっきりと記憶に残っている。

「私、ギルバート様にはたいしたことは何も……」

「いえ。兄は今でも、あなたのことをよく覚えていますから」

オーレリアは、少し躊躇《ためら》ってから口を開いた。

「こんなことを伺ってよいのかわかりませんが……ギルバート様は、いかがお過ごしですか？」

その名声に違《たが》わず、目の前で見た彼の魔剣の太刀筋が恐ろしいほど美しかったことを、オーレリアも忘れられずにいた。あれほど見事な剣捌《さば》きを、彼女は後にも先にも見たことがない。そして、彼は容姿も思わず見惚《みと》れてしまうほどに整っていた。オーレリアが治癒魔法を掛けた後に彼に返された微笑みが、戦いの際の鬼気迫るような表情とは裏腹にとても優しかったことも、まだ駆け出しだった彼女の記憶に鮮明に残っていた。

けれど、二年ほど前の魔物討伐後、彼は突然、表舞台から姿を消してしまった。大怪我《おおけが》を負ったらしいという噂はオーレリアの耳にも届いていたけれど、それ以上詳しいことは知らずにいる。

少し表情を翳《かげ》らせて口を噤《つぐ》んでから、フィルは言葉を選ぶように続けた。

「……残念ながら、思わしくはありません。ずっと臥《ふ》せっています」

「そう、でしたか……」

踏み込んだ質問をしてしまったことを申し訳なく思いながら、ギルバートの現状を知って悲しみに目を伏せたオーレリアに、フィルは静かに言った。

「でも、どんな姿になったとしても、兄は僕にとってはかけがえのない、自慢の兄です。兄の幸せのためなら、僕は何でもするつもりです」

(……フィル様は、お兄様思いの優しい方ね)

心が温まる思いでフィルを見つめたオーレリアを、彼が真剣な瞳で見つめ返す。

「オーレリア様、あなたを見込んでお願いがあります。僕に手を貸していただけませんか？」

「手を貸す、ですか？」

きょとんとしたオーレリアに、彼は続けた。

「失礼ですが、先程、オーレリア様はトラヴィス様との婚約を解消されたのですよね？」

「ええ、ご理解の通りです」

苦笑したオーレリアの手を、フィルがぎゅっと握る。

「それなら、あなたの時間を兄にいただけませんか？　その代わり、あなたの望みはできる限り叶《かな》えるとお約束します」

「それは、どのような意味でしょうか？　私にできることがあるなら、お手伝いできればと思いますが……」

彼の言葉を理解できずにいたオーレリアが目を瞬《まばた》いていると、そのうちに馬車が速度を緩めてごとごとと止まった。

フォルグ子爵家の屋敷《やしき》の門扉が開いたのを見て、フィルは言葉を呑み込んだ。首を傾《かし》げたオーレリアの耳に、フィルが囁く。

「また、すぐに伺います。続きはその時に」

「はい。……送ってくださって、どうもありがとうございました」

フィルはにっこりと笑って、馬車を降りた彼女に手を振った。笑うと年相応のあどけなさの覗く彼に、オーレリアも笑顔で手を振り返す。

屋敷の中から出て来たオーレリアの父が、不思議そうにエリーゼル侯爵家の立派な馬車を見送っていた。

「おや、オーレリア。ブリジットと一緒ではなかったのかい？　トラヴィス様に送っていただいたものかと思っていたのだが……」

「お父様。実は……」

オーレリアは、フィルと会って少し軽くなっていた胸の内が再び重苦しくなるのを感じながら、父に向かってゆっくりと口を開いた。

第二節　奇妙な縁談

オーレリアが帰宅してからしばらくして、ブリジットの弾んだ声が屋敷内に響いた。

「ただいま帰りました」

玄関で彼女を迎える父と母に続いて、オーレリアは半ば両親に隠れるように彼女を出迎えた。

姉の姿を認めたブリジットが、満面の笑みを浮かべる。

「お姉様、先に帰っていらしたのね。せっかくトラヴィス様とお姉様を捜したのに、どこにも見当たらないのだもの。……まあ、あの状況で私たちの邪魔をできるほど、お姉様は図太くないと思ってはいたけれど」

上機嫌に頬を染めたブリジットは、両親に視線を移した。

「お父様もお母様も、そのご様子だと、お姉様からもう聞いていらっしゃるのかしら？」

二人は顔を見合わせると、ブリジットの言葉に頷《うなず》いた。

「トラヴィス様は、お前と婚約を結び直すそうだな」

「ブリジットとの婚約を、トラヴィス様も望んでいらっしゃるのよね？」

「ええ、その通りよ」

ブリジットは満足気に答えると、勝ち誇ったような瞳をオーレリアに向ける。

「ずっと前から、トラヴィス様の婚約者には私がなるべきだと思っていたの。顔に醜い傷がある上に、治癒師としてもうだつの上がらないお姉様より、私の方がトラヴィス様にずっと相応《ふさわ》しいわ」

オーレリアは黙ったまま、安堵《あんど》の表情を浮かべている両親を寂しく見つめた。彼女が幼い頃は、両親の期待は彼女が一身に背負っていたけれど、魔力の強さでブリジットが上回るにつれ、二人の期待が向く先は妹へと移っていった。さらに、ブリジットが美しく成長していく一方で、オーレリアのこめかみにある大きな傷痕が視界に入る度、両親が残念そうに目を逸らしていることも、彼女は気付かざるを得なかった。

オーレリアの視線に気付いた父が、ぽんと彼女の肩を叩《たた》く。

「お前もよくやったよ、オーレリア。このラシュトル王国で、今や飛ぶ鳥を落とす勢いのトラヴィス様に見初められたことは、素晴らしかったぞ。それがきっかけになって、ブリジットとの婚約にも繋《つな》がったと思えばな」

母もオーレリアに労《いた》わるように笑い掛けた。

「……あなたの魔力が思うように伸びなくなってから、トラヴィス様との婚約があなたには重荷になっているのではないかと心配していたのよ。ブリジットに婚約者の立場を引き継げて、むしろよかったのではないかしら」

目覚ましい功績が認められれば、その褒賞として、より高位の爵位を授かる可能性もある。ラシュトル王国の期待の星とも言われるトラヴィスを絶対に逃したくはないという両親の気持ちは、オーレリアにも理解できた。けれど同時に、困ったような表情を両親が浮かべている原因にも気付いていた。

その理由を最初に口に出したのはブリジットだった。

「ねえ、お姉様。これから、お姉様はどうなさるの？　……ギュリーズ伯爵家はもうトラヴィス様のお兄様が継いでいらっしゃるし、トラヴィス様がこの家に婿入りしてくださる予定になっていることは、お姉様もよくご存知のはずよね」

ブリジットがあからさまに顔を顰める。

「トラヴィス様ったら、馬車で私を送ってくださったのに、お姉様に遠慮してか、屋敷の前でお別れしてすぐに帰っていかれましたわ。お姉様、今後の身の振り方を考えてはいただけないかしら」

（困ったわ。この家を出て行けということね……）

トラヴィスも言っていたように、オーレリアには、顔に醜い傷がある自分を好んで妻に迎えようとする男性がいるとも思えなければ、治癒師として中途半端な自分が王国軍で十分な務めが果たせるのかもよくわからなかった。

少し口を噤んでから、オーレリアはブリジットと両親を順番に見つめた。

「……数日間、私に考える時間をいただけないでしょうか」

彼女の頭に、聞いたばかりのフィルの言葉が浮かぶ。

（フィル様に相談してみようかしら。手を貸して欲しいと仰《おっしゃ》っていたし、もしかしたら、新しい仕事が得られるかもしれないわ）

「ふうん、数日間ね。その言葉を忘れないでくださいね、お姉様」

不安気な表情で目と目を見交わした両親とオーレリアにくるりと背を向けて、ブリジットは自室へと戻って行った。

その後、オーレリアも自室に戻ってドアを閉めると、深い溜息《ためいき》を一つ吐いた。

（この家にいられるのも、あと少しの間ね）

力なくベッドに腰を下ろした彼女は、慣れ親しんだ自分の部屋を見回した。あまり物が多くないすっきりとしたその部屋は、片付けるにしてもたいして時間はかからないように思われる。

しばらくぼんやりとベッドに座っていたオーレリアの視線は、いつしか左手薬指に嵌《は》められたままになっている婚約指輪へと移っていた。六年前にトラヴィスとの婚約が調った際、彼から贈られたものだ。

小振りながらも美しいダイヤがあしらわれたその指輪をオーレリアの左手薬指に嵌めながら、顔を輝かせていた当時のトラヴィスの姿を、彼女は思い出していた。

『これからよろしくね、オーレリア』

まだ少年だったトラヴィスの瞳に宿っていた熱は、彼女が彼を魔物から庇って傷を負った直後は、さらに燃え上がるように勢いを増していた。愛《いと》しげにオーレリアの手を握りながら、トラヴィスはよく言ったものだ。

「僕はもっと強くなって、必ず君を守れるようになるから」

けれど皮肉なことに、その後彼が活躍すればするほど、魔力が人並み以下にしか伸びなかったオーレリアに対するトラヴィスの態度は冷えていった。

トラヴィスの瞳にあった熱は、いくらオーレリアが見付けようと探しても、既にどこかに消えてしまっていたようだった。

(私、トラヴィス様の気持ちがもう自分にはないことになど、とっくに気付いていたのかもしれないわ)

愛情を感じるどころか、彼から刺すように冷たい視線を向けられ、遠慮なく苛立ちをぶつけられるようになっても、優しかった頃の彼の言葉を反芻《はんすう》しながら、痛む胸をごまかすように、それに慣れようと必死になっていた自分を思い返して、オーレリアは思わず苦笑する。

左手薬指に嵌めている婚約指輪に、右手を伸ばす。トラヴィスとの思い出が刻まれた、ずっと嵌めていた婚約指輪だったけれど、思いのほか簡単にするりと外れた。

オーレリアは外した指輪を小箱にしまうと、そっと静かに鏡台の上に置いた。


その翌日の昼過ぎに、オーレリアの父が慌てた様子で彼女の部屋のドアをノックした。

「オーレリア、エリーゼル侯爵家のフィル様がお越しだ」

「今まいります」

「……どうして、エリーゼル侯爵家のような名家のご子息がお前を訪ねてくるのだ？」

怪訝《けげん》な顔をした父に、オーレリアが答える。

「私を昨晩この屋敷まで送ってくださったのが、フィル様なのです。馬車の中でお話ししていた時に、何か私にご相談があるようなご様子でした」

娘の返答にも、彼は納得がいかない様子で首を捻《ひね》っていた。

（……随分と早くいらしたのね）

オーレリアは急いで父の後について応接間へと向かった。フィルは初老の執事を連れてフォルグ子爵家を訪れていた。ソファーに腰掛けていたフィルに、オーレリアが頭を下げる。

「昨夜は送っていただき、ありがとうございました」

「どういたしまして」

にっこりと笑った彼に、オーレリアの父は尋ねた。

「このような場所までご足労いただき、恐れ入ります。本日は、どのようなご用件でいらしたのでしょうか？」

「実は、オーレリア様に縁談の申し込みをさせていただきたく、まいりました」

「……縁談、ですか？」

オーレリアの父は、呆気《あっけ》に取られたようにぽかんと口を開けてから、戸惑ったようにオーレリアを見つめた。

エリーゼル侯爵家には、臥せったままの長男のギルバートと、目の前のまだ幼い次男のフィルしかいないことを、父もオーレリアも知っている。

（どういうことなのかしら？）

昨日フィルに聞いた話と重ね合わせても、どうして縁談なのか、そしてなぜ自分なのかと、オーレリアは首を傾げずにはいられなかった。

フィルは、テーブルを挟んでソファーに腰掛けたオーレリアとその父をじっと見つめた。

「驚かれるのも無理はありません。それに、オーレリア様は婚約を解消なさったばかりですし、急に縁談などと言われても、乗り気になれないこともわかっています」

「……娘がトラヴィス様と婚約を解消したことを、ご存知なのですね」

オーレリアの父の言葉に、フィルが頷く。

「はい。昨夜、ちょうどトラヴィス様たちがそのような話をなさっている場面に出くわしまして」

昨晩の情景が頭に蘇《よみがえ》り、オーレリアの胸は痛んだ。

(フィル様は、私の気持ちもよくわかっていらっしゃるのね)

トラヴィスの口から心無い言葉を聞いたとはいえ、長い年月にわたり、治癒師として支えてきた彼との婚約を解消したばかりのオーレリアの心は、まだ鈍い痛みを抱えていた。

オーレリアの父が口を開こうとするのを遮って、フィルは言葉を続けた。

「縁談の相手が誰なのかというのも、ごもっともな疑問です。まずは僕の兄、と申し上げておきましょう」

「『まずは』とは?」

ぎゅっと両手を握り締めたフィルが、少し視線を彷徨《さまよ》わせてから辛《つら》そうに顔を上げる。

「兄は身体の自由があまりききませんし、もう長くはないでしょう。治癒師からも医者からもそう言われていますし、何より本人がそう感じています」

彼はオーレリアに視線を移すと、真《ま》っ直《す》ぐに彼女を見つめた。

「オーレリア様、あなたにお願いがあります。兄のギルバートを、妻として看取《みと》っていただけませんか?」

想像もしていなかったフィルの言葉に、オーレリアは驚きのあまり返す言葉を失っていた。

(ギルバート様のお身体がそれほどまでに悪かったなんて、知らなかったわ……)

悲しげに表情を翳らせたオーレリアに向かって、フィルが必死に続ける。

「無茶なお願いをしているのは重々承知しています。でも、できることなら、最期に兄に光を与えて欲しいのです」

オーレリアの頭の中を、ぐるぐると疑問が回っていた。

(私の治癒師としての力は、たいしたことはないわ。それに、私は顔にこんなに醜い傷を負っている。一度しかお会いしたことのないギルバート様だって、私がお側に行っても喜ばないのではないかしら……)

ようやく口を開いたオーレリアが、一言フィルに尋ねる。

「……なぜ、私なのですか？」

「それは、オーレリア様にしかできないことだからです」

オーレリアには、フィルが言っていることの意味がわからなかった。玉虫色の回答に首を傾げていると、彼は続けた。

「もちろん、もしこの縁談を受けていただき、兄を看取ってくださったなら、相応の対価はお支払いします」

オーレリアの父の瞳が、にわかに輝く。

「ほう。それは確かなのですか？」

「はい。オーレリア様が今後、一生どこでも自由に生活できる程度の額はお約束します」

前のめりになった彼に、フィルは釘《くぎ》を刺すように続けた。

「ただ、お支払いするのはオーレリア様に対してですが」

小さく咳払《せきばら》いをしたオーレリアの父は、フィルに尋ねた。

「先程、『まずは』と仰られた理由をはっきりとは伺っていませんでしたな。不謹慎ですが、もしギルバート様が亡くなられ、それをオーレリアが看取ったとしたなら、その後はどうなるのですか？」

「お伝えした通り、十分な額の金銭をお渡しするのに加えて、……もしもオーレリア様が望んでくださったならですが、僕の妻にお迎えしたく思っています。僕が成人するまでは待っていただくことになりますが」

「……えっ？」

目を丸くしたオーレリアの横で、彼女の父がごくりと唾を飲み込む。

「つまり、娘が望めば、確実に将来のエリーゼル侯爵夫人になれるということですね」

聞く限りでは、ギルバートが生き延びることも、オーレリアがギルバートとの子を成すことも不可能だろうと彼は考えていた。けれど、ギルバートが世を去った時には侯爵家を継ぐこととなるフィルと結婚することまで確約されているなら、娘の玉《たま》の輿《こし》は保証されたに等しい。

さらに、まだ年若いとはいえ、明らかに将来有望なフィルを前にして、彼は鼻息荒くオーレリアに告げた。

「これほど好条件の縁談がお前に来ることは、今後二度とないぞ」

「ですが、まだギルバート様のご意向を伺ってさえもおりませんわ。本当に私を妻にと望んでくださるのかと」

オーレリアの父は、ちらりと娘のこめかみにある深い傷痕を見てから続けた。

「ならば、確実にギルバート様に望んでいただくようにするのが、今のお前がすべきことだろう」

父の言葉に、オーレリアが小さく溜息を吐く。

「……少しだけ、フィル様と二人でお話をさせてはいただけませんか？」

「僕も、できればオーレリア様と二人きりでお話ししたいと思っていました」

二人が視線を交わすのを見て、オーレリアの父は渋々頷いた。

「では、私はしばらく席を外しましょう。……だが、オーレリアよ。決してこの縁談を逃《のが》すことのないようにな」

彼は立ち上がると、頭を下げた初老の執事と一緒に応接間を出て行った。

ドアの閉まる音を聞いて、オーレリアは今度は深い息を吐いた。

「何だか、狐《きつね》につままれているような気分です。まさか、こんな縁談をいただくなんて思いもしませんでしたわ」

フィルが微《かす》かに苦笑する。

「でも、僕は本気ですよ。兄も、オーレリア様に会いさえすれば、必ず喜んでくれるはずです」

オーレリアは不思議そうに彼に尋ねた。

「けれど、どうして嫁ぐ必要があるのでしょうか。仮にギルバート様を看取る必要があるとしても、私がそれまで側仕えをさせていただけばよい話かと思いますが」

彼は首を横に振った。

「いえ、そういう訳にもいきません。妙齢の令嬢に兄の側仕えをお願いするなんて、あなたの外聞を考えても、お父上の承諾を得るのは難しいでしょう。それ以上に、すぐにでも確かな立場であなたをエリーゼル侯爵家にお迎えして、囲い込んでしまいたい、とでもいったところでしょうか」

「私を囲い込む、ですか……？」

そんな必要がどこにあるのだろうと困惑しているオーレリアに向かって、フィルがきっぱりと頷く。

「はい。それはあなたを守ることにも繋がると信じています」

彼女は誠実そうなフィルをじっと見つめた。彼の言葉に嘘《うそ》は感じられない。それに、彼はその幼い見た目よりもずっと賢いようだというのがオーレリアの受けた印象だった。

（フィル様は、どことなく、私が知らない何かを知った上でそう仰っているように見えるわ）

オーレリアは思案顔でしばらく口を噤んでから、フィルに向かって微笑んだ。

「フィル様のご覚悟は、よくわかりました。年が離れている上に、醜い傷痕があり、治癒師としても未熟な私を、将来娶《めと》ろうとまで仰ってくださるなんて。……でも、輝かしい未来が約束されているフィル様が、ご自身を犠牲にしてまでそんなことを仰る必要なんてどこにもないのですよ。貴方様がどれほど、ギルバート様の身を案じていらっしゃるとしても」

諭すようにゆっくりとそう言ったオーレリアは、温かな瞳で彼を見つめた。

「ですから、後の心配はいりません。もし私でよいのなら、ギルバート様に嫁いでお側にいさせていただきます。……ただ、本当に私を必要としてくださるのか、それだけはギルバート様に直接お会いして確認させていただけますか？」

「それはもちろんです」

兄のためにと必死に自分を説得するフィルを見て、オーレリアの覚悟も決まっていた。トラヴィスへの気持ちはきっぱりと断ち切ろうと、彼女はそう心に決めた。

ほっとしたように表情を緩めたフィルに、オーレリアがにっこりと笑う。

「私も家に居場所を失《な》くして困っておりましたし、ありがたいお話ですわ。それに……」

オーレリアは、彼の澄んだ碧眼を覗き込んだ。

「フィル様は、本当はギルバート様の回復を望まれているのでしょう？　だから、看取るなどと悲しいことを仰らないでください」

はっと息を呑んだフィルに、オーレリアが続ける。

「私に何ができるかはわかりませんが、もしギルバート様が望んでくださるなら、力を尽くしてお支えいたします」

「……ありがとうございます、オーレリア様」

瞳を潤ませたフィルに、彼女は再び微笑んだ。

「私のことは、不出来な姉ができたとでも思ってくださいませ」

「いや、オーレリア様は、僕にとってはこれ以上ない、素敵な姉上……家族です」

「ふふ。では、これからよろしくお願いいたしますね、フィル様。そろそろ、父を呼び戻してもよろしいでしょうか？」

「ええ、構いません」

父を呼びに行くオーレリアの背中を眺めながら、フィルがぽつりと呟《つぶや》く。

「兄上がなぜオーレリア様を忘れられずにいたのかが、僕にもよくわかるな」

閉まったドアを見つめながら、彼はふっと笑った。

「……僕もオーレリア様が気に入ったのは確かなんだけどね。それだけ伝えそびれちゃったな」

フィルが自分の将来を犠牲にしてまで、オーレリアにギルバートとの結婚を承諾させようとしていると、彼女がそう思い込んだことに苦笑した彼だったけれど、その思いはそっと胸の奥へとしまいこんだ。

＊＊＊

善は急げとオーレリアの両親が後押ししたこともあり、フィルがフォルグ子爵家を訪れた翌週には、オーレリアはエリーゼル侯爵家へと向かうことになった。

他家に嫁ぐ支度をするのに十分とは言えなかったけれど、実家を出るまでのその時間は、オーレリアにとって、自分を見つめ直すよい機会となっていた。

トラヴィスの気持ちが自分にはないということ、そして彼から必要とされていないことを、思いのほか冷静に受け止めている自分に、オーレリアは驚いていた。

(きっと、これで良かったのだわ)

彼のこれまでの言動も、今となってはオーレリアの中ですとんと腑《ふ》に落ちている。

まだ悲しみや胸の痛みが完全に消えた訳ではなかったけれど、少なくとも、目の前で妹を選んだトラヴィスに、オーレリアはもう会いたいとは思えなかった。

婚約指輪を外した直後は、どこか寂しいような気がしていた左手の薬指も、今ではむしろ、指輪がなくなってすっきりとした心地がしている。

(これもきっと、フィル様のお蔭《かげ》ね)

長年にわたり婚約していたのに、あっさりと終わりを迎えたトラヴィスとの関係を、落ち着いて思い返すことができたのも、フィルにギルバートとの縁談を持ち込まれ、新しい場所で自分を必要としてもらえたからではないかと、オーレリアには感じられていた。

心の整理と共に、必要な荷物を一通り鞄《かばん》に詰め終えたところで、オーレリアの部屋のドアが開いた。振り返った彼女の目に、妹のブリジットの姿が映る。

「あら、お姉様。もう家を出る準備はできているみたいね」

「ええ」

満面の笑みを浮かべるブリジットに、オーレリアは言葉少なに答えた。ブリジットの視線が、鏡台の上に置かれていた小さな箱の上で止まる。

「お姉様、それは何？」

「昔、トラヴィス様にいただいた婚約指輪よ。ブリジット、できれば、それをトラヴィス様に返してもらえないかしら」

姉を見つめて、ブリジットがふんと鼻で笑う。

「そんなもの、トラヴィス様だっていらないわよ。私が捨てておいてあげるわ」

「……そう。あなたに任せるわ」

それだけ告げると、オーレリアは鞄を手にして立ち上がり、妹に背を向けて部屋を出た。

（あんな風に長年の婚約者を奪われたのだから、負け惜しみの一つくらい言うかと思ったのに）

ブリジットは、意外にも淡々とした姉の背中を、つまらなそうに眺めていた。

第三節　再会

エリーゼル侯爵家からの迎えの馬車に乗って来たフィルは、フォルグ子爵家の門の前で馬車から降りると、鞄を手にして出て来たオーレリアに晴れやかな笑みを向けた。

「オーレリア様、お迎えに上がりました」

恭しく彼女に頭を下げるフィルを見つめてから、オーレリアの父は娘の肩を叩いて満面の笑みを浮かべる。

「ギルバート様のご歓心を得て、しっかりと尽くすのだぞ」

父と、その隣に並ぶ母の笑顔の裏に、有無を言わせぬ圧力を感じながら、オーレリアは静かに頷いた。ブリジットも、家を出て行く姉の姿に満足気な笑みを浮かべている。彼らに見送られて、オーレリアはフォルグ子爵家を後にした。

オーレリアは、遠ざかっていく実家を馬車の窓からちらりと振り返ると、ふっと小さく息を吐いた。

(私、家族にもあれほど必要とされていなかったのかしら)

両親にとっての一番の関心が、今やトラヴィスとブリジットの婚約であることを、彼女ははっきりと感じている。オーレリアの幸せを考えた結果ではなく、顔に醜い傷痕があり、治癒師としても中途半端な娘を、侯爵家に上手《うま》く嫁がせることができて喜んでいた両親の様子に、彼女は一抹の寂しさを覚えていた。

「オーレリア様……」

表情を曇らせたオーレリアに向かって、フィルが気遣わしげに口を開く。オーレリアははっとして、フィルに微笑み掛けた。

「すみません、何でもありませんから。久し振りにギルバート様にお会いできるのが、今から楽しみです」

「それはよかった。兄もオーレリア様に会ったら、間違いなく喜びます。ただ、ご想像以上に、兄はやつれているかもしれませんが……」

少し不安気なフィルに、オーレリアが明るい笑みを向ける。

「いえ、そんなことはご心配なさらないでください。私は、ギルバート様が臥せっていらっしゃることを知った上で嫁ぐのですし、こうして縁談をいただいたことを、ありがたく思っていますから」

その後も、オーレリアはフィルと馬車の中で和やかに談笑しながら、急に他家に嫁ぐことになった自分の気持ちを解《ほぐ》そうとする彼の優しい気遣いを感じて、胸が温まるのを感じていた。

(フィル様と家族になれるなんて、嬉《うれ》しいわ)

馬車が次第に速度を落とし始めたことに気付いたフィルが、窓の外を見て口を開く。

「もうすぐ着きます。向こうに見えるのが、エリーゼル侯爵家の屋敷です」

「わあ、立派なお屋敷ですね……」

程なくして馬車が止まると、オーレリアはフィルの手を借りて馬車の外へと降り立った。初めて見るエリーゼル侯爵家の屋敷を前にして、彼女は息を呑んでいた。

（さすがは歴史ある名門、エリーゼル侯爵家だわ）

見上げるような門構えの奥には、オーレリアがそれまで見たこともないほどの、堂々たる大きな屋敷が建っていた。庭園の緑も美しく、一目で手入れが行き届いているのがわかる。

屋敷から迎えに出て来た使用人たちにオーレリアを紹介してから、真っ直ぐにフィルは彼女をギルバートの部屋へと案内した。

「兄上、失礼します」

軽くノックしてから、フィルが部屋のドアを開ける。オーレリアは緊張気味に、ベッドに横たわるギルバートを見つめた。

ベッドの奥には、壁に立て掛けられたままの大振りの剣が覗いている。

力なくベッドに身体を横たえていたギルバートは、以前オーレリアが会った時よりも随分やつれてはいたけれど、その顔には、今でもはっとするような美しさを湛《たた》えていた。

「ギルバート様、ご無沙汰しております」

「……オーレリア？」

彼女の姿を目にしたギルバートが、信じられないといった様子で深く澄んだ碧眼を瞠る。

顔をこちらに向けるのが精一杯で、ベッドから身体を起こすことができずにいるギルバートに近付くと、オーレリアはベッドの横にしゃがんで視線の高さを合わせた。

「一度お会いしただけなのに、私のことを覚えていてくださったなんて光栄です、ギルバート様」

以前彼女がギルバートに会った時は、誰もが憧れる国一番の魔剣士と、名もない新人治癒師という、王国軍の大先輩と後輩という関係に過ぎなかった。それにもかかわらず、彼が確かに自分を覚えていてくれたことが、オーレリアには嬉しかった。

微笑んだオーレリアが、ギルバートを見つめる。

「私は、ギルバート様に嫁ぐためにエリーゼル侯爵家にまいりました」

「俺に、嫁ぐために？」

驚愕《きょうがく》した様子でそう呟いたギルバートを見て、オーレリアは困惑気味にフィルに視線を移す。

「フィル様からは、何も聞いてはいらっしゃいませんか？」

「君をいつかここに招きたいといったようなことは聞いていたが、まさか、そんな話になっていたとは……」

フィルは兄の元に歩み寄ると、彼の顔を覗き込んだ。

「こうでもしないと、兄上は遠慮して首を縦には振らなかったでしょう？　だから、オーレリア様にこうして来ていただいたんだよ」

ギルバートは、少し口を噤んでからオーレリアを見つめた。

「悪いことは言わない、家に帰った方がいい。俺はこんな身体だ、もし君が嫁いでくれたとしても、迷惑を掛けてしまうだけだろう。……できることならもう一度君に会えたらと思っていたから、こうして君の顔が見られただけで、もう十分だよ」

具合が悪い様子ながらも、ギルバートが浮かべてくれた優しい笑みを見て、オーレリアはぎゅっと胸が締め付けられるようだった。

(ギルバート様の妻として私がエリーゼル侯爵家に嫁ぐことは、フィル様の独断だったのね。フィル様が仰っていた通り、ギルバート様は私が来たことを喜んでくださっているように見えるけれど……)

自分にできることがあるのなら、辛そうなギルバートの力になりたいという気持ちが、彼女の胸の中で膨らんでいた。

ギルバートの澄んだ青い瞳を、オーレリアが真っ直ぐに見つめる。

「もしも許していただけるなら、ギルバート様のお側でお支えしたいのです。……ですが、貴方様にとって、私では力不足でしょうか」

オーレリアは心許《こころもと》なさそうに目を伏せた。

「ご覧の通り、私の顔には醜い傷痕がありますし、治癒師としても十分な力はございません。私ではギルバート様のご迷惑になってしまうようでしたら、お暇《いとま》いたします」

「君が迷惑だなんて、決してそんなことはない。ただ、これから君に掛けてしまうだろう負担を思うと……」

困ったように眉尻を下げたギルバートに、オーレリアは真剣な表情で続けた。

「では、私をお側に置いてはいただけませんか？　私も婚約がなくなり、家の事情でもうフォルグ子爵家には戻れないのです。……至らぬところも多いかとは思いますが、私でよいのなら、精一杯、ギルバート様の妻として務めさせていただきます」

もし本当にギルバートから歓迎されていないと感じたなら、実家にいられなくなったことなど、オーレリアも告げるつもりはなかった。けれど、ギルバートが二の足を踏んでいるのは、彼の言葉通りの理由によるようだと、オーレリアは鋭敏に感じていた。

「……本当に、君はそれでいいのかい？」

オーレリアに向けられたギルバートの瞳に、彼女は確かに希望の色を見て取った。どこか眩《まぶ》しそうにオーレリアを見つめるギルバートに、彼女は嬉しそうに笑い掛ける。

「はい、ギルバート様」

ギルバートは薄く頬を染めると、ブランケットの下からゆっくりと右手を持ち上げて彼女に差し出した。

「ありがとう、オーレリア。では、お言葉に甘えさせてもらうよ」

オーレリアが、差し出された彼の手を両手でそっと包むように握る。

「これからどうぞよろしくお願いいたします、ギルバート様」

「ああ。こちらこそよろしく」

ちらりとオーレリアがフィルに視線を向けると、彼はギルバートを見つめて、顔いっぱいに輝くような明るい笑みを浮かべている。

（よかったわ。……まだ、わからないことばかりではあるけれど）

元は誰からも羨まれる力の持ち主であり、家柄も美貌も兼ね備えていたギルバート。そんな彼が、なぜ自分との再会を望んでくれたのかも、どうしてフィルが兄との縁談を自分に持ち掛けてきたのかも、オーレリアには不思議でならなかった。

けれど、ギルバートが幸せそうに口元を綻ばせたのを見て、オーレリアも胸がじわじわと温まるのを感じていた。

その時、部屋のドアが軽くノックされた。フィルがドアを開けると、初老の執事が現れた。

「ああ、アルフレッドか」

「失礼いたします」

一礼したアルフレッドは、部屋に漂う温かな雰囲気を感じたのか、柔らかな表情で口を開いた。

「ご歓談中にお邪魔してしまい、申し訳ございません。……オーレリア様、遠路遥々《はるばる》お疲れのことでしょう。お部屋の準備が整っておりますので、差し支えなければご案内させていただきます」

「ありがとうございます」

アルフレッドに頭を下げたオーレリアが、振り返ってギルバートに微笑み掛ける。

「では、また後ほどまいりますね」

「ああ、ありがとう」

部屋のドアが閉まるのを見届けてから、フィルは弾むような足取りでギルバートに近付くと、彼のベッドに腰掛けた。

「兄上が下手に意地を張らないでくれて、ほっとしたよ。……オーレリア様が来てくれて、よかったでしょう?」

まだ驚きに揺れる心を隠し切れずに、ギルバートが火照った顔を片手で覆う。

「ああ。まさか、こんなことが起きるとは思わなかった。こんな俺に嫁いで後悔しないか、彼女のことが心配ではあるが……礼を言うよ、フィル」

「大丈夫だよ、兄上。オーレリア様はちゃんと、自分の意志で兄上のところに来てくれたから」

きらりと瞳を煌《きら》めかせたフィルに向かって、ギルバートは頷いた。

「フィルがそう言うのなら、信じるよ。……彼女の言葉には真心を感じたし、君が今までに聞き間違えたことは、ただの一度もないからな」

「うん。今までは、うるさい声がたくさん聞こえてきて迷惑だって何度も思ったけど、今回ばかりは神様に感謝したよ」

他人の心の声が聞こえてくること、それが、フィルが生まれ持った不思議な能力だ。表向きには伏せられてはいるが、エリーゼル侯爵家には、代々、魔法とは毛色の異なる不思議な力を併せ持つ者が多いのだ。

けれどこれまでフィルは、自らの能力に何度も辟易《へきえき》してきた。上辺だけ取り繕って、内心では欲望や嫉妬を渦巻かせている大人たちに、嫌と言うほどたくさん会ってきたからだ。

祝勝会の晩、フィルが中庭に出ていたのも、そんな醜い欲に塗れた心の声をうんざりするほど聞いて、一人になりたいと思ったためだった。そこで偶然、トラヴィスとブリジット、そしてオーレリアと鉢合わせた彼は、息を殺すようにして、彼らの会話に、そして心の声にも耳を傾けていたのだ。

（……まさかこんな機会が舞い込んでくるなんて、思いもよらなかったな）

フィルは、聞こえて来た彼らの心の声を胸の中で反芻しながら、駆け去ったオーレリアの後をそっと追い掛けたのだった。

久し振りに瞳に光が戻った兄を見つめながら、フィルが目を輝かせる。

「オーレリア様は、とても素敵な方だね。……あんなに裏表がなくて真っ直ぐな方、僕、初めて知ったよ。何だか、まるで澄んだ湖みたいに透き通っているような感じがする」

「フィルも、そう思ったのか」

目を細めたギルバートは、手を伸ばすとフィルの頭を優しく撫《な》でた。

＊＊＊

オーレリアが執事のアルフレッドに案内されたのは、上品な調度品が設《しつら》えられた、広々として居心地の良《よ》さそうな部屋だった。

「こんなに素敵なお部屋をご用意いただいて、よろしいのでしょうか」

子爵家にいた頃の自室と比べて遥かに広く、一見して価値の高さが窺《うかが》える絵画や家具のある部屋の中で、オーレリアは恐縮してアルフレッドを見上げた。

アルフレッドが穏やかな笑みを浮かべる。

「もちろんでございます、オーレリア様。ギルバート様の奥様になられるのですから、どうぞご遠慮なくお使いくださいませ。エリーゼル侯爵家の者は皆、オーレリア様を歓迎しておりますよ」

彼はふっと遠い目をした。

「先代の旦那様と奥様がもし生きていらしたら、オーレリア様のような方がギルバート様の元に来てくださって、さぞかし喜ばれたことでしょう」

（……先代の侯爵様と奥様は、もう大分前に亡くなられたのよね）

オーレリアは、優れた魔剣の使い手であったエリーゼル侯爵家の前当主が、ある大きな魔物討伐の際に命を落とし、そのパートナーとして彼を支えていた妻も、彼の後を追うように亡くなったと噂に聞いたことを思い出していた。

アルフレッドが懐かしむように続ける。

「旦那様と奥様は、大変仲睦《むつ》まじいご夫婦でいらっしゃいました。お二人が立て続けに亡くなられてしまい、ギルバート様もフィル様も随分と落ち込んでいらしたものです。ご兄弟揃《そろ》って繊細でおられますから、早くにご両親を亡くされて相当に応《こた》えたのでしょう。それが、ギルバート様まであのようなお身体になられて……」

言葉を詰まらせたアルフレッドは、申し訳なさそうにオーレリアに向かって微笑んだ。

「……失礼いたしました、つい話し過ぎてしまいましたね」

「いいえ、そんなことはございませんわ。……あの、少し伺ってもよろしいでしょうか？」

「ええ、何なりと」

オーレリアは言葉を選びながら彼に尋ねた。

「ギルバート様のお身体のことなのですが、その……何が原因で、あのような状態になられたのでしょうか。魔物討伐でお怪我をなさったことが理由なのですか？」

「オーレリア様のご理解で、ほぼ合っています。ただ、あれほどお身体を悪くされてしまったことには、理由がございまして……」

アルフレッドが表情を翳らせる。

「魔剣の使い手の身体にかかる負荷が大きいことは、今まで治癒師として魔剣士を支えていらしたオーレリア様もご存知かと思います。特に、ギルバート様は極めて強いお力をお持ちだった分、そのお身体にかかる負荷も非常に大きかったのでございます」

「ええ、仰る通りでしょうね」

ギルバートほどの魔剣の使い手であれば、戦いの度にかなりの負荷がかかっていたであろうことは、オーレリアにも容易に想像がつく。

「ちょうど、フィル様が初めて魔物討伐に参加された時のことでした。不運にも、滅多に出くわさないような強力な魔物に遭遇してしまい、襲われかけたフィル様を助けようと、ギルバート様は身を呈して庇い、大怪我を負われたのです。ですが……」

彼は小さく唇を噛《か》んだ。

「ギルバート様は、その時点で既にかなりの力を消耗されていたようでした。ですが、すぐにギルバート様を回復すべきだったパートナーの治癒師が、自分の魔力量では手に負えないと察してか、ギルバート様を置いて姿をくらましてしまったのです」

「まあ……」

魔剣を使う者にとっては、支えとなる治癒師への信頼が戦いの基礎となる。もし裏切られ、適時に十分な治癒がなされなかった場合には、文字通り命を削ることになるし、身体に大きな後遺症が残ることもあった。

眉尻を下げたオーレリアに、アルフレッドは続けた。

「その治癒師は、それまではギルバート様の婚約者でもあったのですが、そのまま行方知れずになってしまいました。噂では、別の魔剣士の青年と駆け落ちしたそうです」

「そんなことがあったのですか……」

当時のギルバートの気持ちを慮《おもんぱか》って胸を痛めていたオーレリアに、アルフレッドは寂しげな笑みを向けた。

「その後、たくさんの治癒師がギルバート様の回復を試みましたが、時を逸したこともあってか、残念ながら思うような効果は現れませんでした。もちろん医師にも診せましたが、匙《さじ》を投げられるばかりでした。それに、きっと精神的なショックも大きかったのでしょう。ギルバート様は人を遠ざけるようになり、フィル様や、長くこの家に仕える私たち数名を除いて、すっかり心を閉ざしてしまわれました」

オーレリアの頭に、ついさっきギルバートから向けられた優しい笑みが浮かぶ。

(もしもそうだとしたら、なぜ私のことは受け入れてくださったのかしら……)

アルフレッドに向かって、オーレリアはやや躊躇ってから口を開いた。

「私は、ギルバート様にいったい何をして差し上げたらよいのでしょうか。私は治癒師としても未熟ですし、どうしたらギルバート様のお役に立てるのかがわからないのです」

「オーレリア様は、ギルバート様のお側にいてくださるだけで十分です。……最近のギルバート様は、お身体が日に日に悪くなっていらっしゃることに加えて、生きる意欲も次第に失くしていっているようにお見受けられます。けれど、貴女《あなた》様の存在は、きっとギルバート様の希望になります。例えば話し相手になっていただけたなら、ギルバート様はお喜びになることでしょう」

「ギルバート様の話し相手でしたら、私でよければ、いくらでも喜んでいたしますわ」

安堵の表情を浮かべたオーレリアに、アルフレッドは微笑むと丁寧に頭を下げた。

「オーレリア様がいらしてくださったこと、心より感謝しております。何か必要なものなどありましたら、いつでも私にお申し付けください」

「ご丁寧にありがとうございます、アルフレッドさん」

「私のことは、お気遣いなくアルフレッドと呼んでいただければ結構ですよ。今後とも、よろしくお願いいたします。どうぞお気を楽にしてお過ごしください」

アルフレッドが部屋を出て行ってから、オーレリアは持参した荷物を手早くしまい、すぐにギルバートの部屋へと再び足を向けた。

（早く、ギルバート様のお側に行きたいわ）

追いやられるように実家を出た自分を必要としてくれる人がいることが、オーレリアには嬉しかった。その理由はまだわからなかったけれど、少なくとも、ギルバートが自分を歓迎してくれていることは感じられる。

少しでもギルバートの支えになりたいという思いと共に、優しい彼の笑顔をまた見たいと思っている自分に気付いて、オーレリアはほんのりと頬を染めた。

ギルバートの部屋のドアをオーレリアがノックすると、フィルがすぐに開けてくれた。

「オーレリア様、早かったですね」

嬉しそうに笑ったフィルについて彼女が部屋に入っていくと、ギルバートはベッドの上で上半身を起こして、ヘッドボードに身体を凭《もた》せ掛《か》けていた。

オーレリアはギルバートに近付いて気遣わしげに尋ねる。

「お身体をそのように起こされていて、辛くはありませんか？」

ギルバートは首を横に振ると、温かな瞳をオーレリアに向けた。

「いや、大丈夫だよ。このほうが君とも話しやすいだろうと思って、さっきフィルの手を借りて姿勢を変えたんだ」

「もしも疲れを感じられたら、すぐに仰ってくださいね」

「ああ、ありがとう。……部屋は気に入ってもらえたかな？」

「はい、とっても。私にはもったいないくらい素敵なお部屋でした」

にっこりと笑ったオーレリアに、ギルバートはベッドの側の椅子を勧めると、フィルと目を見交わしてほっとしたように微笑んだ。

「それならよかった。俺はフィルに聞くまで何も知らなかったから、君を迎える準備が満足にできていたのかと気を揉《も》んでいたんだ」

「私は、むしろ過分なお心遣いに恐縮しています。……つい先程まで私がここに来ることもご存知なかったなんて、ギルバート様を驚かせてしまいましたよね？」

「ああ。夢でも見ているのかと思ったよ」

ギルバートの言葉に、オーレリアが戸惑いながら彼を見つめる。

「これほど温かく迎えてくださって、本当に感謝しております。ただ、ほかの治癒師と比べて私が優れている点など、何も思い浮かびません。ご期待に添えるかどうか……」

横からフィルが口を挟んだ。

「オーレリア様は兄上にとって特別な存在だから。今は、それだけわかっていていただければ十分です」

フィルはオーレリアに軽くウインクをすると、ギルバートを見てふふっと笑った。

「兄上を驚かせちゃったのは確かだけど、喜んでもらえてよかったよ。兄上が笑うところを見たのは、本当に久し振りだったもの。これもオーレリア様のお蔭だね」

「そうだな。今でも、まだ信じられないような気がするよ」

「これは夢じゃなくて、ちゃんと現実だからね。オーレリア様と一緒に過ごせるんだから、もっと長生きしたくなったでしょう?」

年相応の少年らしいフィルのくだけた口調を聞いて、オーレリアは思わずくすりと笑みを零した。オーレリアを見つめた彼が、恥ずかしそうに頬を染める。

「ごめんなさい、つい素が出ちゃって。子供っぽいですよね……」

「いえ。今まで、随分大人びた話し方をなさるのだなと思っていましたが、今のフィル様を見ていて何だか安心しました。それに、私に敬語を使う必要はありませんから、どうぞお気遣いなく」

「ありがとう、じゃあ遠慮なく。これからはあなたを、オーレリアと呼ばせてもらっても?」

フィルがあえて、義姉上《あねうえ》ではなく彼女の名前で呼んだところに、オーレリアには、彼が縁談を持って来た時の約束を、今でも律儀に意識していることが感じられた。

フィルに笑顔を向けられて、オーレリアも笑みを返す。

「ええ、もちろん構いません」

「オーレリアも、僕には楽に話して。僕たちは家族になるんだから」

「ふふ、わかったわ。ありがとう、フィル」

フィルはオーレリアに頷くと、彼女とギルバートを順番に見つめた。

「じゃあ、僕はこれで。後は二人で、ごゆっくり」

ひらひらと手を振ると、フィルは軽い足取りでギルバートの部屋を後にした。

閉まるドアを眺めながら、オーレリアが柔らかな笑みを浮かべる。

「明るくて優しい、お兄様思いの素晴らしい弟さんですね」

「ああ、そう言ってくれてありがとう。出来た弟だよ。俺も、フィルにはいつも感謝しているんだ。

……まだあんな歳だというのに色々なものを背負わせてしまって、申し訳なく思ってはいるがね」

微かに苦笑したギルバートに、オーレリアは労わるように続けた。

「ギルバート様の存在が、フィル様にとっても大きな支えになっていることが、お二人を見ているとよくわかります。絆《きずな》の強い素敵なご兄弟でいらっしゃるのだなと、そう思っておりました」

ギルバートは、しばらく口を噤んでからオーレリアを見つめた。

「俺の身体のことは、フィルから聞いているんだろう」

「……はい」

兄を看取って欲しいとフィルに頼まれたことを、オーレリアは思い出していた。

「それでも俺の元に来てくれるなんて、君は優しいな。……君の時間を俺にくれて、ありがとう」

切ない気持ちが胸に広がるのを感じながら、オーレリアが目の前のギルバートを見つめる。

ギルバートは、天才の名を恣《ほしいまま》にしていた頃と比べたら、逞《たくま》しかった両腕も痩せ細り、やつれた様子になっていることは否めなかった。それでも、一度見たら目が離せなくなるような美しさを、今でも変わらず湛えていた。

艶のある濃紺の髪に彩られた小さな顔には、青白いけれど陶器のように滑らかな肌に、すっと通った鼻筋と薄い唇、そして印象的な切れ長の碧眼が、この上ないほど完璧に配置されている。

神々しいようにも、それでいて繊細で壊れやすい彫刻のようにも見えるギルバートの美しさに、オーレリアは改めて息を呑んでいた。けれど同時に、どことなく、静謐《せいひつ》さの中に溶けて消えてしまいそうな儚《はかな》さも感じていた。

彼の落ち着いた低い声の響きも耳に心地良かったけれど、オーレリアは、自らの運命を淡々と受け入れているようにも見えるギルバートに、深い悲しみを感じざるを得なかった。

(まるで、死が訪れるのを静かに待っているとでもいうような、そんなご様子だわ)

実際にギルバートに会って、オーレリアには、フィルが『看取る』という言葉を使った意味がようやくわかったような気がしていた。

フィルがいなくなり、すっかり静かになった部屋で、ギルバートに向かって手を伸ばしたオーレリアが、彼の右手をそっと握る。

その手の温かさがいつかなくなってしまうのだろうかと想像するだけで、オーレリアの胸は締め付けられるように痛んだ。

「ギルバート様。……私、ずっと貴方様のお側にいたいと思っております。どうか、私を置いてはいかないでください」

そのような言葉が口から零れたことに、オーレリアは自分でも驚いていた。ギルバートもはっとしたように目を瞠ると、オーレリアに視線を向けた。

彼女は必死になって続けた。

「きっと、いえ絶対に、ギルバート様は回復なさると、私はそう信じています」

ギルバートの顔に麗しい笑みが浮かぶ。彼の青く輝く瞳は、オーレリアを見ているようで、けれどどこか宙を見つめているようにも見えて、彼女は不思議な思いを抱いた。

彼は、今度ははっきりとオーレリアの顔に焦点を合わせると、ゆっくりと口を開いた。

「君は、とても美しいね」

「……私が、ですか？」

突然の彼の言葉に、オーレリアが驚きに目を瞬く。昔は美しいと言われたこともあったけれど、こめかみに深く醜い傷を負ってからというもの、蔑みと同情が入り混じったような視線を向けられてばかりだったからだ。

オーレリアの赤紫色の瞳が揺れる。

「私にはもったいないお言葉です。……私の方こそ、ギルバート様のお美しさに思わず見惚れてしまいましたけれど」

ギルバートは、ふっと楽しげに笑った。

「こんな死に損ないの俺に、そんな言葉を掛けてもらえるとは思わなかった。だが、フィルも言っていた通り、できる限り長い時間を君と過ごせたらと、今はそう願っているよ」

優しい彼の笑顔を見て、オーレリアの胸は高鳴った。

(ギルバート様の話し相手になるだけでなく、もっと何かお役に立てるようなことはないかしら)

頬に熱が集まるのを感じながら、オーレリアはギルバートを支えたい一心で必死に頭を巡らせていた。

第二章

第一節　温かな光

ギルバートの弱々しい右手を握りながら、オーレリアは考えずにはいられなかった。

（私がもっと優秀な治癒師ならよかったのに。そうしたら、ギルバート様の身体《からだ》を少しでも快方に向かわせられたかもしれないのに……）

執事のアルフレッドから聞いた話を考えても、オーレリアの治癒魔法では、ギルバートの身体にあまり効果があるとは思えなかった。

（それでも、これから試してみようかしら。ほとんど効かない可能性もあるけれど）

今までトラヴィスを長い間パートナーとして支えてきたオーレリアには、彼に特化した形での治癒の方法が染み付いてしまっていた。

オーレリアの感覚だが、魔剣の使い手を支える場合、その治し方は一般の治癒魔法とは大分異なる。

誰に対しても一定の効果がある通常の治癒魔法の型とは異なり、治癒を行う対象に慎重に意識を向けて、欠けた部分を補い、消耗した箇所を魔力で潤すような、そんな感覚で彼女はトラヴィスをサポートしていた。

トラヴィスとは付き合いが長かったために、オーレリアは特に意識をしなくても、彼が魔物に向かって跳躍する時や剣を振り下ろす時、身体のどこにどのような負荷がかかっているのかが手に取るようにわかった。

支える側の治癒師が優秀で魔力が高いほど、魔剣士にかかる負荷が少なく済むことは明らかだ。けれど、これまで思うように魔力が伸びなかったオーレリアでもトラヴィスを支えて来られたのは、恐らく、一緒に過ごした長い年月の間に培われた、この感覚ゆえだろうと思っていた。

ただ、魔物との戦いの度に、トラヴィスを支えるために魔力のほとんどを消耗してしまい、残念ながらオーレリアは汎用的な治癒魔法まで十分に磨くことはできなかった。ブリジットからは、自分ならそのくらいは余裕をもってできるのに、なぜお姉様はそんなこともできないのかしらと、よくそう言われては眉を顰《ひそ》められていた。

魔剣の使い手の治癒は、その魔剣士に慣れていればいるほど、治癒師側の負担が少なくなると言われている。それなのに、一向にそうした様子の見られない姉のことを、ブリジットは見下したように眺めていたのだ。

トラヴィスからも次第に苛立《いらだ》ったような表情を向けられるようになったことを思い出しながら、オーレリアはギルバートに向かって躊躇《ためら》いがちに口を開いた。

「もしよろしければ、ギルバート様に私の治癒魔法を一度掛けさせていただけないでしょうか？

……ただ、私にはたいした力はないので、がっかりさせてしまったらごめんなさい」

「いいのかい？　無理をすることはないんだよ、オーレリア」

労《いた》わるような口調でそう言ったギルバートに、彼女は首を横に振る。

「いえ、私が掛けさせていただきたいのです。ほんの少しだけでも、ギルバート様のお身体が楽になればよいのですが……」

ギルバートは温かな笑みを浮かべた。

「君のその気持ちだけでも嬉《うれ》しいよ、ありがとう。では、お願いしてもいいかい？」

「はい」

オーレリアは立ち上がって一歩ギルバートに近付くと、彼に向かって手を翳《かざ》して治癒魔法を唱えようとした。けれど、そこでふと思い留まった。

ギルバートも、トラヴィスと同じく魔剣の使い手であったことをオーレリアは思い出していたのだ。彼女は今までの経験から、通常の治癒魔法よりも、魔剣士に合わせて魔力を使う方が、回復が順調に進むことを感じていた。

これまでオーレリアは、トラヴィスを前にすると、彼に合わせようとしなくても、無意識に彼を癒《いや》すために効果的な魔力の使い方ができていた。トラヴィスではないけれど、同じ魔剣士であるギルバートの治癒に、今まで自分がトラヴィスを支えるために培ってきた感覚を少しでも活《い》かせないだろうかと、オーレリアはそう思ったのだった。

（きっと、初めての相手に対して、一朝一夕にできるものではないのだろうけれど……）

数え切れないほどの戦いを目の前で見て来たトラヴィスとは異なり、彼女がギルバートが戦う場面を見たのはただの一度きりだったし、当時は彼の見事な太刀筋に見惚《みと》れていただけだった。その時のオーレリアは、己が治癒すべき相手であったトラヴィスに向けるような集中力は、ギルバートに対して向けていなかった上に、今のギルバートの身体の状況は、当時とはまったく違っている。

（でも、失敗したとしても、これ以上ギルバート様のお身体が悪くなる訳ではないもの。試してみる価値はあるはずだわ）

翳した手をいったん下げたオーレリアは、代わりにギルバートの両手を取った。

「少し、お手をお借りしますね。この方が、はじめは感覚的にわかりやすいので」

ギルバートは不思議そうにしつつも、彼女の言葉に頷《うなず》いた。

「ああ、君に任せるよ」

オーレリアは、瞳を閉じて彼の身体に意識を集中させると、今までトラヴィスを治癒していたのと同様に、魔力を流し込むような感覚をギルバートに向けた。

白く淡い、温かな輝きを放つ光がオーレリアの両手から浮かび上がると、ギルバートの身体をふわりと包み込む。

オーレリアは、ギルバートの身体の内側に力が吸い込まれるような、今までにない感覚を覚えていた。

癒すべき箇所だけが感覚的に摑《つか》めたトラヴィスとは対照的に、ギルバートの身体は、大半の部分が癒しを必要としているように思われた。

オーレリアの胸がずきりと痛む。

（フィルを助けて大怪我《おおけが》をされた時、ギルバート様のお身体は、既にぼろぼろになっていらしたのでしょうね……）

トラヴィスを前にした時には、どこをどう癒せばよいのか無意識のうちにわかっていたオーレリアだったけれど、ギルバートは、やはり勝手が違うようだった。

（何と言うか……器の大きさが、全然違うみたいだわ）

身体能力の限界を概《おおむ》ね把握できていたトラヴィスと比べて、ギルバートは遥《はる》かに秘めた器が大きいことを、オーレリアは感じ取っていた。

（さすがは、天才と呼ばれたギルバート様ね。私の魔力では、まったく足りないみたい）

トラヴィスを癒していた時とは異なり、確かな回復の手応えまでは感じられないことが、オーレリアには歯痒《はがゆ》かった。

ギルバートの身体に意識を集中させるあまり、魔力を使い切ってしまったオーレリアが、足元をふらつかせて彼のいるベッドの方によろめく。ギルバートは慌ててオーレリアに向かって両手を伸ばし、彼女はギルバートの身体に重なるように倒れ込んだ。

「大丈夫かい、オーレリア？」

「はい、私は大丈夫です。……でも、やっぱりギルバート様のお役には立てなかったようで、すみません。逆に、こうしてご迷惑をお掛けしてしまって」

ギルバートの腕の中で、オーレリアの頰は薄《うっす》らと染まっていた。

首を横に振ったギルバートが、驚いたように目を見開いてオーレリアを見つめる。

「いや、そんなことはないよ。それどころか……身体の内側から満たされるような、温かくて素晴らしい力だ」

どうにか彼女に回した、あまり思うようには動かない腕に、ギルバートは感謝を示すように力を込めた。

「どうもありがとう、オーレリア。君のお蔭《かげ》で、身体がずっと楽になったよ」

彼に優しく抱き締められる格好になり、オーレリアはみるみるうちに真っ赤になっていた。

ギルバートの顔色が多少は良くなったように感じられ、オーレリアはほっと胸を撫《な》で下《お》ろした。

彼の澄んだ碧眼《へきがん》が、オーレリアの顔を覗《のぞ》き込《こ》む。

「君は、俺に希望の光を見せてくれる。さっき君の手から放たれた、あの柔らかく包み込むような光のように」

ギルバートの目に明るい光が宿っているのを、オーレリアは感じていた。美しい彼に間近で微笑《ほほえ》まれて、鼓動が自然と速くなる。

（たいしたことをした訳ではないけれど、お世辞でも私にこんな温かな言葉を掛けてくださるなん

て、ギルバート様は本当にお優しいのね。……こんな風にお礼を言われたのは、久し振りだわ）

婚約を解消する前のトラヴィスには、最近では支えることが当然といった態度を取られ、活躍する自分の側にいられることをありがたく思うようにとすら仄《ほの》めかされていた。

すっかり感謝の言葉を言われることなどなくなっていたオーレリアにとっては、ギルバートが礼を述べてくれたこと自体が、とても嬉しかったのだ。

まだ痛みの残っていた胸が、すうっと軽くなったように感じられていた。

「私の方こそ、こうしてギルバート様のお側《そば》に迎えていただいて、本当に感謝しています」

オーレリアのはにかんだ笑顔と赤く染まった頬を見て、ギルバートは嬉しそうに彼女に笑い掛ける。

「こんな日が来るとは、思わなかった」

呟《つぶや》くようにそう言った彼の腕の中で、オーレリアの胸には温かく満ち足りた思いが広がっていた。

＊＊＊

一方、トラヴィスはその頃、落ち着かない思いで魔物討伐へと向かう馬車に乗っていた。彼の隣には、オーレリアの妹のブリジットの姿がある。

彼女はトラヴィスの腕に自分の腕を絡めながら、彼の顔を見上げた。

「トラヴィス様を治癒師として支えさせていただくのは初めてですけれど、トラヴィス様が魔物と戦っていらっしゃるご様子は、前からよく見ておりましたもの。お姉様などよりも、必ず上手《うま》くサポートさせていただきますわ」

「ああ、ありがとう。期待しているよ、ブリジット」

少し口を噤《つぐ》んでから、彼はブリジットに尋ねた。

「……オーレリアは、あれからどうしているかい？」

「せっかくこうして二人でいられるというのに、お姉様の話ですか？」

不服そうに口を尖《とが》らせたブリジットだったけれど、ふっとその口角を上げた。

「お姉様なら、もう嫁いでいかれましたよ」

「何だって⁉　まだ、あれから何日も経《た》っていないじゃないか」

トラヴィスの背中を、嫌な汗が伝う。

「あら、お姉様との婚約解消を承知してくださったのはトラヴィス様でしょう？　お姉様が嫁いだって、もう関係ないではありませんか。……ふふ、でも、お姉様にはお似合いの縁談だと思いますけれど」

「相手は誰だ？」

硬い表情で尋ねた彼に、ブリジットが続ける。

「エリーゼル侯爵家のギルバート様よ」

「ギルバート様だって？　彼は身体を悪くして、長いこと臥《ふ》せっているという噂《うわさ》を聞いていたが……」

怪訝《けげん》な顔をしたトラヴィスに向かって、ブリジットは可笑《おか》しそうにくすりと笑った。

「何でも、妻としてギルバート様を看取《みと》って欲しいと頼まれたのですって。もう先行きが長くない方のところに嫁ぐなんて……まあ、お姉様の魔力がいくら弱くたって、死んでいく方を見守るくらいならできますものね。ちょうどよかったんじゃないかしら」

オーレリアが無事に家を出て行ったことを、ブリジットは喜ばしく思っていた。ただ、彼女の両親は、ブリジットが姉の玉《たま》の輿《こし》を僻《ひが》むことを懸念して、フィルに告げられた縁談の詳細までは話さずに、オーレリアが看取りを頼まれたことだけを告げていた。

（……看取るために嫁ぐ、か。聞いたこともないような話だが、お飾りの妻ということだろう。オーレリアは、彼が死んだらまた戻って来るのだろうか……）

トラヴィスの胸に、もやもやとした不安が立ち込める。けれど、それはきっと思い過ごしだろうと、彼は自分に言い聞かせた。

「そう言えば、トラヴィス様」

ブリジットが、鞄《かばん》の中から小さな箱を取り出す。

「お姉様から、これをトラヴィス様に返しておいて欲しいと頼まれたのです」

トラヴィスはブリジットから、片手に収まる程度の箱を受け取りながら小首を傾《かし》げた。

「これは、何だい？」

「婚約指輪ですって」

「……！」

トラヴィスの瞳が、一瞬揺れる。

「ご不要だとは思ったのですが、一応持って来ました」

彼が箱の蓋を開けると、ずっとオーレリアの左手薬指に嵌《は》められていた、かつて彼が贈った婚約指輪が、目の前で輝いていた。

（オーレリア、君は本当に……）

トラヴィスは、オーレリアが嫁いだと聞かされたことよりも、彼女の左手薬指で見慣れた指輪が手元に戻ってきたことに、彼女が自分の元から去った現実を思い知らされていた。ずっと健気《けなげ》に自分を支えてくれたオーレリアを失ったことに、なぜか今更心に穴が開いたような喪失感を覚えて、トラヴィスは無言のまま表情を失《な》くしていた。そんな彼に向かって、ブリジットが続ける。

「私が捨てておきましょうか？」

「いや、俺が処分しておくよ」

彼は箱の蓋を閉めると、それをポケットに放り込んだ。今まで阿吽《あうん》の呼吸で細やかに彼を癒してくれたオーレリアの顔が、頭に浮かぶ。彼はそれを振り払うように、ふっと短く息を吐いた。

ブリジットは甘えるように微笑むと、トラヴィスを上目遣いに見つめた。

「トラヴィス様。私には、お姉様よりも、もっとずっと大きなダイヤが付いた婚約指輪をくださいますよね？」

一拍置いて、彼はブリジットの髪を撫でながら答えた。

「……当然だよ。可愛《かわい》い君のためなのだから」

魔物討伐の直前だというのに、無邪気に高価な指輪をねだるブリジットに、トラヴィスは苦々しい気持ちをぐっと堪えていた。オーレリアであれば決してこんなことを言い出さないだろうという思いを、胸の奥に閉じ込める。

そして、再びどこからか湧き上がってくる不安を押《お》し止《とど》めるように、心の中で呟いた。

(俺は誰よりも強い。確かにオーレリアとの付き合いは長かったが、オーレリアがいなくとも、さらに優れたブリジットが側にいるんだ。何も問題はないはずだ)

トラヴィスは、ぎゅっとその拳を握り締めていた。そこに冷や汗が滲《にじ》んでいたことに、彼自身も気付いてはいなかった。

＊＊＊

「はあっ、はあっ」

激しく肩で息をするトラヴィスの前には、魔剣で貫かれた何頭もの漆黒のヘルハウンドが横たわっている。彼と同じ隊の騎士たちも、魔物たちが一掃されて静かになった山中で、構えていた剣をようやく下ろし始めていた。

「トラヴィス様！」

ブリジットが瞳を輝かせてトラヴィスの元に駆け寄る。袖で額の汗を拭ったトラヴィスに、彼女は続けた。

「素晴らしいご活躍でしたね。さすがはトラヴィス様ですわ」

「ああ、まあな」

ブリジットがにっこりと彼に笑い掛ける。

「治癒師としての私は、いかがでしたか？　お姉様よりも、ずっと優れていましたでしょう？」

「……そうだな、ありがとう」

トラヴィスは口元に笑みを浮かべたけれど、瞳は笑ってはいない。その日初めてブリジットのサポートを受けた彼は、思案顔で彼女に尋ねた。

「今日、君が僕に対して行ってくれた治癒は、あれが全力かい？」

「ええ、当然です。トラヴィス様を相手に、手を抜くはずがないではありませんか。……何かご不満でも？」

ぴくりと片眉を上げたブリジットを見て、トラヴィスが慌てて首を横に振る。

「いや、そんなことはないよ。君がサポートしてくれたお蔭で、助かった」

ブリジットは表情を緩めると、彼を見つめた。

「ただ、お姉様と違って、こうしてトラヴィス様のお側で支えさせていただくのは初めてでしたから、まだ完全には要領を得ないところもあるかもしれません。改めて、治癒魔法を掛けさせていただきますね」

彼女はトラヴィスに手を翳すと、治癒魔法を唱えた。強く輝く光がトラヴィスの身体を包み込む。

（やはり、魔力はブリジットの方がオーレリアよりも強いようだな。だが……）

彼は魔剣を持つ自分の手を見つめた。

（今日は、どうしてか身体が思うように動かなかった。それに、この魔剣はこれほど重かっただろうか……）

どうにか無事にヘルハウンドの群れを倒し切ったものの、戦闘中にヘルハウンドの牙が腕を掠《かす》めてひやりとした場面もあった。オーレリアが彼のサポートについていた時には、ヘルハウンド程度なら十分に余裕を持って撃退できていたため、この日の戦いに、トラヴィスは内心では焦りを覚えていた。

治癒魔法を掛けてもらったものの、トラヴィスの身体にはどこか抜け切らない怠《だる》さが残っている。魔剣を振る度に少しずつ零《こぼ》れ落《お》ちていった力が、そのまま戻って来ないような感覚があった。

（オーレリアには、長年俺の側で培った経験があったからな。その積み重ねがないブリジットは、

今はまだ慣れていないだけだろう）

トラヴィスはそう自分に言い聞かせようとしたけれど、彼の心の中では、無視できないほどの警鐘が鳴り響いていた。

ブリジットからのサポートは、オーレリアからのものとは何かが決定的に違うことを感じていたからだった。

――もしかしたら、この国の誰からも賞賛されていた俺の力は……

そこまで考えかけてから、彼は、湧き出てきた自分の考えを握り潰した。

（治癒師の能力は、魔剣の使い手を支え、癒すためのものだ。だから、治癒師との相性はあるとはいえ、魔剣の使い手自身の力が優れていなければ話にならない。……治癒師が魔剣士の能力そのものに影響を与えることなんて、決してできるはずがないんだ）

トラヴィスにとって、六年前に出会い、そして婚約したオーレリアは、初めてパートナーに迎えた治癒師だ。オーレリアとしか戦いに赴いたことがなかったトラヴィスは、この日まで彼女以外の治癒師のサポートを受けたことはなかった。

オーレリアが自分を癒してくれた時には、身体の内側が温かな魔力で満たされて、力が漲《みなぎ》ってくるような感覚があった。相性の良し悪しはあるにせよ、それはほかの治癒師でも同様なのだろうと、彼はそう考えていた。

ただ、トラヴィスは一度、オーレリアの側で特別な感覚を覚えたことがある。それは、彼女が彼を庇《かば》って、顔に深い傷を負った時のことだった。

当時、魔物が巣くっていると言われる山に向かう途中の森で飛び出して来た魔物たちを、トラヴィスと同じ討伐隊にいたギルバートが薙《な》ぎ払《はら》っていた。けれど、彼のパートナーの治癒師は、体調が優れない様子で顔色が悪かったこともあり、たまたま彼の近くにいたオーレリアが、ギルバートに簡単な治癒魔法を掛けることになった。

ギルバートに礼を言われて、オーレリアがはにかみながら微笑む様子を見て、トラヴィスはやきもちを焼いていた。気もそぞろになって集中力を欠いたトラヴィスは、茂みに潜んでいたケルベロスに気付かずに近付き、素早い動きで襲い掛かられたのだった。

三つの頭を持つ強力な魔物のケルベロスが迫り来るのを見て、トラヴィスは恐怖に身体が凍り付いたまま動けなかった。

(……ああ、俺はこのまま死ぬんだな)

ケルベロスが鋭い爪のある足を自分に向かって振り上げる様子は、トラヴィスにはどこかスローモーションのように現実味なく見えた。けれど、ケルベロスの爪がトラヴィスの身体に届く直前、彼は自分を包む温かな二本の腕を感じた。それは、必死に彼を庇うオーレリアの腕だった。

オーレリアのこめかみをケルベロスの爪が掠り、目の前に血飛沫《ちしぶき》が飛んで、トラヴィスははっと我に返った。そして、すべての力を集中させて、夢中でケルベロスに魔剣を突き立てたのだった。

当時のトラヴィスにとって格上だったケルベロスは、彼のその一撃で絶命した。

その時に、信じられないほどの力が身体の奥から湧き出してきたことを、彼は思い出していた。

（あの時は、窮地に追い込まれて必死になるあまり、それまでと比べて桁違いの力が出せたのかとも思ったが……）

自分を庇ったオーレリアの腕から、とてつもない熱量が力となって流れ込んできたような気がしたことを、彼は忘れられずにいたのだ。

当時のトラヴィスは、優しく美しく、そして治癒師としての将来を嘱望されていたオーレリアのことを、愛《いと》しく思い大事にしていた。特に、オーレリアが彼の命を助けて大怪我を負った直後は、彼女への感謝と愛情が彼の心から溢《あふ》れ出《だ》さんばかりだった。どんなに大きな傷が顔に残ったとしても、それは彼を守るために負ったものであり、生涯彼女のことを大切にしたいと、確かにそう心に決めたはずだった。

けれど、トラヴィスが次第に頭角を現し、その類稀《まれ》な力を誰からも賞賛されるようになるうちに、期待されたような魔力の伸びが見られず、目立つ傷痕をこめかみに抱えたオーレリアが隣にいることに、彼は少しずつ不満を覚えるようになった。

オーレリアに庇われた一件以降、トラヴィスは魔物討伐において際立った成果を残し続けている。そんな彼にとって、オーレリアのこめかみの傷痕は、彼の輝かしい経歴に染みを作る、過去の汚点のように思えてきた。彼女の傷痕を見る度、自分が魔物討伐で無様に死に掛けたこと、そして彼女の助けがなければ生きては戻れなかったことが思い起こされ、彼の心は苛立った。

また、顔に醜い傷痕のあるオーレリアに心無い陰口を叩《たた》く者が現れ、彼女が表情を翳《かげ》らせるようになったことも、彼の苛立ちに拍車をかけた。当時について、オーレリアは一言たりともトラヴィスを責めることもなければ、感謝を求めることもなかったけれど、彼女が顔を曇らせているのは自分のせいだと感じざるを得なかったからだ。

慎《つつ》ましく穏やかなオーレリアに対して、勝ち気でプライドの高い妹のブリジットは、性格はまるで正反対ではあったけれど、その整った容姿は比較的よく似ていた。かつてのオーレリアに似た美しいブリジットが、その優れた才能を現し始め、そしてトラヴィスへの好意を隠さずに近付いて来たことに、彼の心はぐらりと揺れたのだ。ブリジットの方が自分に相応《ふさわ》しいように、トラヴィスには思われた。

ただ、トラヴィスはブリジットに対して甘い態度は見せたものの、彼女から明らかな好意を寄せられても、決定的な結論を出すことはせずに、うやむやにはぐらかし、のらりくらりと躱《かわ》し続けていた。それは、彼の第六感が、オーレリアを手放してはならないと告げていたからだ。

オーレリアの魔力が期待されたほどではないと知ったトラヴィスだったけれど、彼女の治癒が彼の活躍を支えていることは理解していた。以前オーレリアから流れ込む強い力を感じた彼は、そんな才能を持つ治癒師は未《いま》だかつて聞いたこともないと否定したい気持ちと共に、自分の力の源はもしかしたら彼女なのかもしれないと、ほんの僅かな可能性として、薄らと心のどこかでそう感じてもいたのだった。

もしも世間に、自分の活躍が彼女の手柄だと思われでもしたらと想像すると、我慢のならない憤りと共に恐怖も覚えた。トラヴィスが今まで勝ち取ってきた輝かしい戦績は、あくまで自分のものであり、彼を支えるオーレリアは添え物に過ぎないはずだった。

（醜い傷痕のあるオーレリアには、自分のほかには誰も貰《もら》い手《て》などいるはずがない）

そんな不遜で傲慢な思いと共に、トラヴィスはオーレリアが思い上がらないようにと牽制《けんせい》し始めた。醜く、魔力も弱いのに、今でも変わらず側に置いてやっていることに感謝するようにと、彼はオーレリアにことあるごとに言い含めたのだ。そして、彼女が反論しないのをいいことに、自分がいなければオーレリアには存在価値がないかのように、時に冷酷な態度を取るようになっていった。

けれど、王宮の中庭での一件で、オーレリアが自分の元から去ったことに、トラヴィスは焦りを隠せずにいた。

トラヴィスは、オーレリアが自分の言うことを大人しく聞くように築いた優位性を、彼女を引き留めることで失いたくはなかった。それに、ブリジットとの関係を壊したくもなければ、ブリジットと組んだ方が自分の力が高まる可能性も否定できずにいたのだ。もしオーレリアが必要だとわかったなら、彼女は長年のパートナーなのだからと、後からブリジットとのことは曖昧に濁そうかと思っていたトラヴィスだったけれど、そこは押しの強いブリジットの方が一枚上手だった。

さらに、オーレリアが既に嫁いだと聞いて、今になってようやく、トラヴィスは自分が取り返しのつかないことをしてしまったかもしれないと思い至っていた。

(くそっ。オーレリアは俺の切り札として、手元に残しておくつもりだったのに。どうしてこんなことに……)

目の前で事切れている、不吉の前兆と言われるヘルハウンドの、空に向かって見開かれたままになっている真紅の瞳が、トラヴィスには今までにないほど不気味に感じられていた。

第二節　オーレリアの想《おも》い

ギルバートの部屋を出たオーレリアは、そっとドアを閉めると思わず胸に手を当てた。これほどに胸が高鳴ったのは、久し振りのことだったからだ。

(どうしよう。私の鼓動が激しくなっていたことに、ギルバート様はお気付きだったかしら……)

抱き締められた彼の腕の温《ぬく》もりが、今でもまだ身体に残っているようだった。彼の腕の中が信じられないほど心地良かったことを思い返して、彼女の頬が真っ赤に染まる。

魔力を使い切って彼の腕の中に倒れ込んだ時、身体がすぐには動かなかったとはいえ、彼にそのまましばらく身体を預けていたいと感じたことに、オーレリアは驚いていた。

元婚約者のトラヴィスとのことは、既に気持ちの整理をつけたつもりではいたけれど、婚約を解消してからまだ日も浅いというのに、これほどギルバートに心が揺れている自分に戸惑っていたのだ。

けれど、と、オーレリアは戒めるように自分に言い聞かせた。

(ギルバート様はお優しい方だから、きっと、お身体の不自由な自分に嫁いだ私に親切にしてくださっているのだわ)

自分に残された時間を悟っているかのようだったギルバートの表情を、彼女は思い出していた。

そして、フィルには、オーレリアはギルバートにとって特別な存在なのだと言われたけれど、それがどのような意味なのか、彼女には測りかねていた。

(ギルバート様が私を覚えていてくださったことだけでも、驚いてしまったくらいなのに)

フィルの依頼を受けて、ギルバートの側で彼を励ますためにやって来たはずが、むしろ自分の方が癒されているようだとオーレリアは感じていた。

ギルバートの穏やかな眼差《まなざ》しや、包み込むような優しさは、オーレリアが長い間失っていたものだ。

ずっと昔、まだトラヴィスとの仲が良好だった頃は、彼から純粋な愛情を感じていたけれど、そのような温かな好意をトラヴィスから最後に向けられたのがいつだったのか、オーレリアにはもう思い出せないくらいだった。

オーレリアの顔に残った目立つ傷痕も、トラヴィスは最初こそ労わってくれていたものの、次第に不快そうに目を背けるようになっていった。優れた魔剣士としてトラヴィスが脚光を浴びれば浴びるほど、オーレリアに対する態度は素っ気ないものとなり、次第に心無い言葉をかけられるようになり、彼女は深く傷付いていたのだ。

これまで、悲しみややるせなさといった気持ちを押し殺して、感情が麻痺《まひ》していたことを、トラヴィスから距離を置いてようやく、オーレリアは自覚し始めていた。

（まるで、優しく美しい天使の兄弟が、私を救いに来てくれたみたい）

そのままの彼女を受け入れてくれるギルバートとフィル、そしてアルフレッドにも、オーレリアは溢れるほどの感謝を覚えている。ここ数日で自分の身に起きた目まぐるしい変化に、初めこそ困惑していた彼女だったけれど、今となっては、そのすべてが幸せなことに思えていた。

（トラヴィス様は一方的にご自分の意見を押し付けるばかりで、私の言葉になど耳を貸してはくださらなかったけれど。ギルバート様は真逆で、嬉しそうに私の話に耳を傾けてくださったわ）

オーレリアは、ギルバートの部屋で、彼の腕から身体を起こしてから、さっきまで彼と交わしていた何気ない会話を思い出していた。

長い間、屋敷《やしき》で臥せったままの彼に外の様子を尋ねられ、温かな風が吹くようになり、色付いた花々の蕾《つぼみ》が膨らみ始めている庭園の様子や、木々が一斉に芽吹いていることなどを話すと、彼は頷きながら目を細めて、オーレリアの話を聞いていた。

「ギルバート様のお身体の具合が落ち着いたら、よかったら一緒に外に出てみませんか」

思い切ってオーレリアがそう口に出すと、彼女の提案に少し驚いた様子のギルバートは、ふっと口元を綻ばせて頷いた。

「……ああ、そうだな。君となら、いつかそんな日が迎えられるかもしれないね」

彼から美しい笑みが零れる度に、オーレリアはほうっと感嘆の溜息《ためいき》が漏れそうになるのを堪えている。なぜギルバートが自分に心を開いてくれているのか、未だにオーレリアにはわからなかったけれど、それまで優しさに飢えていた心が彼によって満たされるのを感じて、それだけでもう十分だった。

少しでもギルバートの慰めになればと、話し相手になろうと彼の元を訪れたことも忘れて、オーレリアはただ彼との会話を心のままに楽しんでいた。

些細《ささい》なことでも、オーレリアの話に興味を持って耳を傾けてくれるギルバートの温かさを感じながら、彼と打ち解けていくうちに、いつの間にか彼とのお喋りに夢中になっていた自分に気付いて、オーレリアははっとしてギルバートを見つめた。

「すみません、すっかり長いこと話し込んでしまって。もうお疲れのことでしょう。ギルバート様とお話ししていたら楽しくて、つい時間を忘れてしまいました」

「いや、俺も同じだよ。こんなに楽しい時間を過ごしたのは、久し振りだ」

(今まで長く臥せっていらしたのに、身体を起こしたままこうして私と話し続けてくださったのだもの、お疲れになったに違いないわ。うっかりしてしまって、申し訳なかったわ……)

穏やかな笑みを見せたギルバートに慌てて手を貸して、彼の身体をそっとベッドに横たえると、オーレリアは彼に向かって微笑んだ。

「では、どうぞごゆっくりお休みになってくださいませ。ギルバート様が呼んでくだされば、私はいつでもお側にまいりますから」

「ああ、ありがとう」

ギルバートに背を向けかけたオーレリアに、彼は続けた。

「オーレリア。一つ君に頼んでも？」

「ええ、もちろんです。何でしょうか」

振り返ったオーレリアに、ギルバートが尋ねる。

「部屋に戻る前に、君の顔を近くで見せてもらってもいいかい？」

「はい。そんなことでよろしければ」

オーレリアは彼のベッドサイドに近付いて屈《かが》むと、遠慮がちに彼に顔を近付けた。サファイアのように深く澄んだギルバートの優しい瞳にじっと見つめられ、彼女の心臓がどきりと跳ねる。

どぎまぎして赤くなったオーレリアにギルバートはゆっくりと手を伸ばすと、彼女のこめかみの傷痕にそっと触れた。

はっと身体を硬くしたオーレリアに、ギルバートは遠い目で続けた。

「君がこの傷を負った時、俺も同じ場所にいたというのに、君を助けることができずにすまなかった」

彼女はすぐに首を横に振った。

「いえ、私が自分から魔物の前に飛び込んだのですもの。そんなことを謝っていただく必要はどこにもありませんわ」

傷痕に彼の視線を感じて、オーレリアが眉尻を下げて俯《うつむ》く。

「すみません。このような酷《ひど》い傷痕が顔にあって、気持ちが悪くはありませんか？」

ギルバートはなぜか愛おしそうに、彼女の傷痕をすうっと撫でた。

「いや、俺はまったくそうは思わないよ」

オーレリアの後頭部に掌《てのひら》を滑らせたギルバートは、彼女の顔を自分に寄せると、こめかみの傷痕にさらりとかかった亜麻色の髪に、労わるように軽く唇を落とした。

髪越しに傷痕に感じた彼の唇に、オーレリアの顔は耳まで真っ赤に染まる。

（これは、ギルバート様にとっては、挨拶のようなものなのでしょうけれど。こんなに美しい方に口付けられると、髪の上からだって心臓に悪いわ……）

彼女の赤くなった顔を見つめて微笑んだギルバートは、再びその身体を軽く抱き寄せた。

「まだ君も慣れないことがあるかもしれないが、もうここは君の家だ。寛《くつろ》いで過ごして欲しい」

「は、はい」

ふわふわとした気持ちのまま彼の部屋を出たオーレリアは、胸に手を当てたまま、心の中で強い決意を抱いていた。

（ギルバート様の笑顔を、絶対に失いたくはないもの。看取るなんて、想像もできないわ。必ず、彼が治るまでお支えするわ）

彼が髪越しに唇で触れた傷痕も、オーレリアにはまだ熱を持っているように感じられていた。

二人はどうしているのだろうと気になって、ギルバートの部屋の様子を見に戻って来ていたフィルは、兄の部屋を出て来たオーレリアの姿を認めて足を止めた。頬を染めた彼女が胸に手を当てている様子を見て、フィルの瞳が嬉しそうに輝く。

「オーレリア！」

ギルバートの部屋を出て少し廊下を歩いたところで、オーレリアはフィルから声を掛けられて振り向いた。

「あら、フィル」

「兄上とはゆっくり話せた？」

「ええ。……ギルバート様は、本当に優しくて素敵な方ね」

ふわりと頬を色付かせているオーレリアを見て、フィルがにっこりと笑う。

「そうでしょう？　兄上は僕の憧れだからね」

フィルは明るい表情でオーレリアを見上げた。

「はじめは、今の兄上の容態を見てオーレリアがどう思うか、少しだけ心配していたんだけれど、杞憂《きゆう》だったみたいだね。あなたが兄上と話して、心からそう思ってくれたことが、僕にとっては凄《すご》く嬉しいんだ。……オーレリアは、もう疲れているかな？」

「いいえ、私は全然。ギルバート様と、ただ楽しい時間を過ごさせていただいただけだから」

魔力切れを起こした身体も落ち着いていたオーレリアは、首を横に振った。フィルはそんな彼女に尋ねる。

「じゃあ、よかったら、これから僕とお茶でもどう？」

「ええ、喜んで」

ちらりと後ろを振り返り、ギルバートの部屋のドアを見つめたオーレリアを見て、フィルは少し眉尻を下げた。

「兄上は、残念だけど、今はお茶や菓子の類は口にしないんだ。一日に一度、消化のよい食事をちょっぴり食べるだけで」

「そうだったのね……」

もう休んでいるだろうと思いつつも、ギルバートに声を掛けた方がよいだろうかと迷っていたオーレリアは、フィルの言葉を聞いて表情を翳らせた。

（あのように華奢《きゃしゃ》な身体をしていらしたのは、そのせいだったのね）

目を伏せたフィルが、呟くように言う。

「兄上があんな身体になったのは、魔物から僕を庇ってくれたからなんだよ。これまで、兄上はどんどん食は細くなっていくし、身体だって治る気配もなかったものだから、塞いでいる様子を側で見ていることしかできなくて辛《つら》かったんだ。でもね、」

彼はオーレリアに向かって微笑んだ。

「今日は、オーレリアが来てくれたお蔭で、あんなに嬉しそうに兄上が笑ってくれたのだもの。兄上が幸せそうにしているのを見て、僕まで幸せな気持ちになったよ」

「ふふ。私の方こそ、こんな幸運をいただいて驚いているわ」

二人はそのままダイニングルームに向かい、フィルがアルフレッドを呼んでお茶の支度を頼んだ。

テーブルを挟んで腰掛けたオーレリアに、フィルが徐《おもむろ》に口を開く。

「ねえ、オーレリア。ちょっと聞きたいことがあるんだけど、いいかな?」

「ええ、何かしら?」

彼はじっとオーレリアを見つめた。

「今まで、あなたは不思議な力があるって言われたことはない?」

オーレリアはきょとんとして、フィルの言葉に首を横に振る。

「不思議な力……? いいえ、これまでに一度も、そのようなことを言われたことはないわ」

彼女は微《かす》かに苦笑した。

「不思議な力どころか、残念だけれど魔力も人並み以下で、治癒師としても半人前なの。……もっと私に優れた力があれば、ギルバート様を癒して差し上げられるかもしれないのにって、そう悔しく思っているわ」

フィルは思案顔で、オーレリアの心の声に耳を傾けていた。

（オーレリアは、話してくれる内容と心の声がいつも一致している。こんなに素直な方も、珍しいな）

彼は王宮の中庭で、オーレリアの婚約解消の場面に居合わせた時の、トラヴィスの心の声を思い返していた。

（……トラヴィス様は、やっぱり彼女に何も告げてはいなかったんだな）

フィルは、そのような場面に出くわしてしまったことに驚いたのと同時に、たまたま聞こえてきたトラヴィスの心の声にも驚きを隠せずにいた。トラヴィスは結局、駆け去って行くオーレリアを追い掛けはしなかったけれど、彼がオーレリアを手放すことを躊躇って逡巡《しゅんじゅん》していた時の心の声を、フィルはしっかりと聞いていたのだ。

（彼はあの時確かに、オーレリアが去って行くことに動揺していた。でも、それは彼女に対する愛情からではなかった。万が一彼女の力が特別なもので、それが彼の能力の源になっていたのならと、彼女の力を失うことを危惧するものだった。……最低だったな）

青い顔をして泣きそうになっているオーレリアを眺めながら、そんな自分本位なことを考えていたトラヴィスに、フィルは胸に滾《たぎ》るような怒りを感じていた。

兄のギルバートが、臥せるようになってからもよく思い出していた治癒師がオーレリアだと気付いたフィルは、急いで彼女の後を追い掛けたのだった。

（オーレリアに、トラヴィス様が考えていたような力があるのか、まだ確かなことはわからないけれど）

少なくとも、その時のフィルには、オーレリアが兄の元に来てくれたなら、彼に希望の光を与えてくれるだろうということだけはわかっていた。

そして、仮にオーレリアにトラヴィスが想像するような力があったとしたなら、トラヴィスが彼女を取り戻しに来るだろうということも、フィルには予想がついていたのだ。

その前にどうにかして手を打たなければと、フィルはすぐに彼女に縁談を持って行くことを決めたのだった。

オーレリアがこれほど特殊な縁談に首を縦に振ってくれるかは、一種の賭けだと思っていたフィルだったけれど、彼の気持ちを慮《おもんぱか》ってこの話を受けてくれた優しい彼女を、どうにかして守りたいとも思っていた。

（……あの父親なら、娘を売るような真似《まね》だってしかねないからな）

彼女の屋敷を訪れたフィルは、オーレリアの気持ちよりも、何より家の利益を優先に考える父親の心の声も聞いていた。もしもトラヴィスが再びオーレリアを望んだ場合、オーレリアの父親がトラヴィスに阿《おもね》って彼女を差し出すだろうということも、想像に難くはなかったのだ。

傷心のオーレリアには申し訳ない気もしていたけれど、彼女の純粋な好意が、トラヴィスに再び都合よく利用されることを思い浮かべるだけでも、フィルは腸《はらわた》が煮えくり返るような思いだった。

兄の妻という確かな立場と共に、無事にオーレリアをエリーゼル侯爵家に連れて来られたことに、フィルは胸の中で安堵《あんど》の息を吐いていたのだった。

フィルが穏やかな瞳でオーレリアを見つめる。

「おかしなことを聞いてしまって、ごめんね。でも、力がどうこうということに関係なく、あなたが兄上の側にいてくれるだけで、もう十分だから」

その時、アルフレッドが紅茶と菓子の皿の載ったトレイを手に持って二人の元にやって来た。彼は菓子の皿とティーカップを二人の前に並べ、ポットからカップに紅茶を注ぐと、温かな笑みを浮かべて一礼し、静かにダイニングルームを辞した。

芳しい紅茶の香りが満ちるダイニングルームで、微笑んだオーレリアがフィルを見つめ返す。

「さっきアルフレッドに部屋を案内してもらった時、同じことを言われたの。ギルバート様のお側にいてくれるだけで十分だって。……でも、ギルバート様のお側にいたら、むしろ私の方が幸せな気持ちになってしまったわ。あんなに楽しい時間を過ごさせていただけるなんて、こんな機会が与えられたことをとても感謝しているの」

軽く頬を染めたオーレリアの心から、トラヴィスが落としていた暗い影が薄くなっていること、そして彼女がギルバートに惹《ひ》かれ始めていることに気付いて、フィルは嬉しそうに笑った。

「そう言ってもらえて、本当によかった。あなたが兄上に嫁いで来てくれて、僕の方こそ心から感謝しているよ。兄上はあんな身体だし、今はどうしても書類上での婚姻になってしまうけれど、気にならないかな？　式を挙げてもらうこともできずに、申し訳ないのだけれど……」

「いえ、まったく。こうしてギルバート様の妻として迎えていただいただけで、もう十分よ。私も、妻としてギルバート様にもっと何かできることがないかと考えているところなの」

オーレリアの笑顔を見ながら、フィルが続ける。

「ねえ、オーレリア。プレッシャーを感じる必要はまったくないけれど、兄上を救えるとしたら、あなたしかいないと思う。あなたなら、兄上に奇跡を起こすことができるような気がするんだ」

一般には、異能の存在など信じられてはいないけれど、自らも異能の持ち主であるフィルには、トラヴィスの勘が当たっているように思えてならなかった。オーレリアには、隠れた才能があるのではないかと、そして兄がいつの日か健康を取り戻すことができるのではないかと、一縷《いちる》の望みを抱いていたのだ。

真っ直《ま》ぐ《す》な眼差しでフィルに見つめられて、オーレリアが頷く。

「ギルバート様に再び元気になっていただけるように、私も全力を尽くすわ。……ギルバート様とも、いつかこうして一緒にお茶のテーブルを囲める日が来たらと思うの」

そんな希望に満ちた未来が確かに待っているような気がして、フィルは瞳を潤ませた。

「うん、そうだね。ありがとう、オーレリア」

ごしごしと目を擦ったフィルを見つめて、彼女は腰を上げて手を伸ばすと優しく彼の頭を撫でた。

「フィル、あなたもギルバート様にとっての希望よ。あなたのように素敵なお兄様思いの弟は、どこを探してもいないと思うわ」

(私も、フィルのような可愛い義弟《おとうと》ができて、とても嬉しいわ。こんなに健気で優しい子を、好きにならずになんていられないもの)

顔を上げたフィルが、眩《まぶ》しい笑みをオーレリアに向ける。

「ふふっ、ありがとう。僕、オーレリアのことも、とっても好きだよ。……ねえ、あなたのこと、まだあまり聞いてはいなかったね。フィルの話も、もっと教えてもらえるかな?」

「ええ、もちろんよ。フィルの話も、色々聞かせて欲しいわ」

二人は紅茶のカップを傾けながら、和やかな時間を過ごしていた。

＊＊＊

同じ頃、ギルバートは、心が満たされるのを感じながら、静かにベッドに身体を横たえていた。

(オーレリアは本当に、優しい女性だな)

真っ赤になっていたオーレリアのことを思い出し、ギルバートの顔に幸せそうな笑みがふっと浮かぶ。

恥ずかしそうにしてはいたけれど、オーレリアから自分に対する好意が読み取れたことが、彼の胸を温めていた。

胸の中だけでなく、身体中に不思議な熱が巡っているような気がして、ギルバートが薄く目を開く。

(この感じは、いったい何だろう。初めての感覚だな)

ついさっき、オーレリアの手から発せられた白く輝く光がギルバートを包んだ時、彼は身体の内側から癒されるような感覚を覚えていた。けれど、それだけではなく、今も身体の中を彼女の温かな力が巡っているような気がしていた。

(もう、俺の身体が元通りに治ることはないと、治癒師にも医者にも匙《さじ》を投げられていたが。これは、いったい……?)

痺《しび》れたように感覚が薄くなっていた足の先にも、なぜか少しずつ感覚が戻って来ているように思えて、ギルバートは目を瞬《まばた》いた。治癒というよりも、機能を失った身体の各部分が、新しく力を与えられて再生しているような、そんな形容し難《がた》い感覚がある。

確かな希望が胸に宿るのを感じながら、ギルバートは再びベッドの上で目を閉じた。

第三節　回復の兆し

翌朝、ギルバートの部屋のドアが軽くノックされた。ギルバートが返事をすると、ドアの隙間からオーレリアが顔を覗かせた。

「おはようございます、ギルバート様」

「おはよう、オーレリア」

オーレリアはギルバートの側に近付くと、気遣わしげに彼を見つめた。

「昨日はたくさんお時間をいただいてしまいましたが、あの後、ゆっくりお休みになられましたか?」

「ああ。君が掛けてくれた魔法のお蔭か、久し振りにぐっすり眠れたよ」

「そう伺って安心しました」

ほっとしたように微笑んだオーレリアに、ギルバートも笑みを返す。

オーレリアは朝陽《あさひ》の差す窓の外を眩しそうに見つめた。

「今日はよいお天気ですね」

執事のアルフレッドが、少し前にギルバートの元を訪れ、カーテンと窓を開けていったところだった。窓からは時折爽やかな朝の風が部屋に吹き込み、カーテンを軽く揺らしている。オーレリアは、ギルバートが起きていることをアルフレッドに確認してから、部屋を訪れたのだった。

「そうだね、清々《すがすが》しい晴天だね」

ギルバートはちらりと窓の外に目をやったけれど、それから視線をオーレリアに戻した。彼がなぜか眩しそうな瞳で自分を見ていることに気付いて、オーレリアの頬がみるみるうちに赤く染まる。

「……お身体の具合はいかがでしょうか」

「とても調子がいいよ。今までは、日毎《ひごと》に身体が重くなっていくようだったが、今朝は逆に、身体が軽くなったような感覚があるんだ」

明るい朝陽に照らされたギルバートの色白の顔が、昨日よりも心なしか血色がよくなっているように見えて、オーレリアは嬉しそうに笑った。

「それは何よりです」

「これも、君が来てくれたお蔭だよ」

(ギルバート様は、いつも私に優しい言葉をかけてくださるのね)

元婚約者のトラヴィスとは正反対だと、オーレリアは改めて感じていた。

「環境が変わったばかりで落ち着かないかもしれないが、君はちゃんと休めたかい?」

「はい。私の方こそ、ギルバート様はお優しいですし、フィルやアルフレッド、それに屋敷の皆も温かく迎えてくださって、実家にいた時よりも居心地よく過ごさせていただいています。昨夜も、お蔭様でよく眠れました」

信じられないほどふかふかの羽根布団にくるまれて、幸せな気分で目を覚ましたことを、オーレリアは思い出していた。

「それならよかったよ」

穏やかな笑みを浮かべたギルバートに、オーレリアが尋ねる。

「ギルバート様、お腹《なか》は空いていらっしゃいますか？　朝食をお持ちしてもよろしいでしょうか」

「ああ。だが、君にそんなことまで頼んでしまってもいいのかい？」

オーレリアはくすりと笑みを零した。

「もちろんです。ギルバート様に嫁がせていただいたのですから、それくらいはさせてください」

ギルバートの口元が嬉しそうに綻ぶ。

「ありがとう。ではお願いするよ」

「では、これからお持ちしますね。……まだ頼りないとは思いますが、妻としてギルバート様をできる限りお支えしたいと思っておりますので、どうぞ私には遠慮なさらないでください」

「ああ、本当にありがとう」

にっこりとギルバートに笑い掛けたオーレリアは、足早に彼の部屋を出て行った。

程なくして、オーレリアはトレイを手にして戻って来た。

「お待たせしました」

オーレリアはベッドの脇にあるテーブルにトレイを置くと、ギルバートに手を貸して彼の上半身を起こした。

トレイの上には、湯気の立つパン粥《がゆ》と、搾りたてのオレンジのフレッシュジュースが二人分並んでいる。

「まだ鍋にたくさん作ってありますので、もっと召し上がれるようでしたら、おかわりもなさってくださいね」

食欲をそそるチーズの香りが漂うパン粥を見つめて、ギルバートは彼女に尋ねた。

「もしかして、君が作ってくれたのかい？」

「はい。ごく簡単なもので、お口に合うとよいのですが……」

彼の部屋を訪れる前に、オーレリアはキッチンで手際よくパン粥を作っていた。貴族の令嬢が料理をすることに、コックは驚いていたけれど、実家でも時々息抜きに料理をしていたオーレリアにとっては、何も特別なことではない。ギルバートのために食事を作ってもよいかと申し出た彼女に、コックも快くキッチンを貸してくれていたのだ。

オーレリアはキッチンに戻って手早くパン粥を温め直すと、搾ったオレンジのジュースを添えて、急ぎ足でギルバートの部屋を再び訪れていたのだった。

頬を薄く染めたオーレリアに向かって、ギルバートが明るく笑う。

「俺のために作ってくれてありがとう。いただくよ」

パン粥の皿とスプーンに伸ばした彼の手を、オーレリアは少し心配そうに見つめていた。ここ最近は、手元が覚束《おぼつか》ないこともあるとアルフレッドから聞いていたからだ。

手を貸した方がよいかと迷っていたオーレリアだったけれど、ギルバートの手付きが思いのほかしっかりしていることに安心した。

(今日は、さっきギルバート様も仰《おっしゃ》っていた通り、お身体の調子が良《い》いみたいね)

一方、スプーンを手にしたギルバートは、内心驚きを隠せずにいた。

(これまでは少しずつ身体の自由が利かなくなっていたが、今朝は不思議と手に力が入るな。これも、彼女のお蔭だろうか……)

パン粥を口に運んだ彼が、思わずその口元を綻ばせる。

「とても美味《おい》しいよ。ありがとう、オーレリア」

「お口に合ったようで、よかったです」

頬を薄らと染めると、オーレリアもパン粥の皿とスプーンを手に取った。

(喜んでいただけたようで、嬉しいわ)

ギルバートと談笑しながらの朝食は、彼女にとっても心温まるものだった。包容力を感じる彼と一緒にいると、オーレリアは不思議と穏やかな気持ちになる。けれど、それと同時に、彼の碧眼に見つめられ、美しい笑顔を向けられる度に、彼女の胸は自然と高鳴った。

ギルバートのパン粥の皿が空になると、オーレリアは彼に尋ねた。

「よろしければ、おかわりをお持ちしましょうか?」

「ああ、お願いしてもいいかい？」

オーレリアの顔がぱっと明るく輝く。

「はい、すぐにお持ちしますね」

ギルバートは微笑みを浮かべて彼女をじっと見つめた。

「……こんなに朝食を美味しいと感じたのも、いつ以来かわからないくらいだ。これも、君が作ってくれて、こうして君と一緒にテーブルを囲んでいるからだろうな」

これまで、あまり味も感じられないままに、喉に流し込むように食事を摂《と》っていたギルバートにとって、鈍っていた全身の感覚が戻り始め、日常にも鮮やかな色が戻ってきたようだった。

頬に熱が集まるのを感じながら、オーレリアがにっこりと笑う。

「そう言っていただけると嬉しいです。私も、ギルバート様とこうして朝食の時間を過ごすことができて幸せなので」

赤くなった顔を隠すように、急ぎ足でおかわりを取りに向かう彼女の背中を、ギルバートは温かな瞳で見つめていた。

キッチンに戻ったオーレリアは、アルフレッドに遠慮がちに声を掛けられた。

「オーレリア様。これまで、ギルバート様のお食事の付き添いは私が行っていたのですが、来ていただいて早々、オーレリア様にお任せしてしまって申し訳ございません」

オーレリアは微笑むと首を横に振った。

「私がギルバート様のお側にいたいだけだから、何も問題ないわ」

アルフレッドが、オーレリアが手にしたトレイの上の、空になった皿を見て嬉しそうに笑う。

「おや。今日は、ギルバート様は残さず召し上がられたのでしょうか」

「ええ。これからおかわりをお持ちするところなの」

オーレリアの言葉に、アルフレッドははっとしたように目を瞠《みは》ってから、その瞳に思わず涙を滲ませた。

「ギルバート様は食もどんどん細くなるばかりで、どうしたらよいかと心配しておりましたが、これもオーレリア様がお越しくださったお蔭ですね。……フィル様から、オーレリア様はきっとギルバート様の希望になると伺っていましたが、本当にその通りでしたね」

アルフレッドは、滲んだ涙を指先でそっと拭った。


パン粥のおかわりを持ってギルバートの部屋に戻ったオーレリアが、引き続き彼と朝食を摂っていると、部屋のドアが軽くノックされた。

「おはよう、兄上、オーレリア」

王立学校の制服を身に着けたフィルが、ドアの隙間から顔を覗かせる。手には学生鞄を提げ、すっかり登校の支度を終えた様子の彼に向かって、ギルバートとオーレリアが重なるように声を返した。

「おはよう、フィル」

フィルが二人を見て明るく笑う。

「食事中に邪魔しちゃってごめんね。兄上、おかわりもしたんだって？　さっきアルフレッドに聞いたよ」

「ああ。オーレリアが作ってくれた朝食が、とても美味しくてね」

彼の手元の皿を覗き込んだフィルは、オーレリアを見つめた。

「いいなあ。オーレリア、僕にも今度作ってくれる？」

「ええ、もちろんよ。フィル、その制服もよく似合っているわね」

王立学校の校章の入ったブレザーとスラックスを纏《まと》ったフィルは、オーレリアの目には年相応の少年らしく映っている。

昨日オーレリアは、お茶を飲みながらフィルと話をしている時に、彼が王立学校の学生であることや、学校では剣技のクラスを多く選択していること、そして学業の合間を縫って、実践演習を兼ねて魔物討伐にも参加していることなどを聞いていた。

（まだ未成年なのに、フィルは大人に交じっても遜色ないほどに魔剣の腕にも優れているのだもの。さすがだわ）

フィルはオーレリアに向かってはにかむように笑った。

「ありがとう、オーレリア。僕はこれから学校に向かうところだけれど、兄上をよろしくね」

「ええ、行ってらっしゃい」

「気を付けてな、フィル」

にっこりと笑ったフィルは、ひらひらと手を振って兄の部屋を後にした。

オーレリアが、部屋のドアが閉まる音を聞きながらギルバートに笑い掛ける。

「しっかりしているから、つい子供だということを忘れそうになってしまいますが、まだフィルは学生なのですよね。制服を着ているところを見て、何だか新鮮でした」

ギルバートも彼女の言葉に頷く。

「フィルは幼い頃から、芯が強くて気持ちの優しい子だったからな。俺がこんな身体になった分、自分がしっかりしないといけないと気を張っている部分もあったのだろう。十分に甘えさせてやることもできずに可哀想《かわいそう》なことをしたと思っていたが、オーレリアが来てくれて、彼の表情も随分明るくなったようだ」

「ふふ、それならよいのですが。……ギルバート様は、フィルを魔物から庇った時に大怪我をなさったと聞きました。大切なお兄様をどうにかして支えたいと、彼もそう強く思っているのですね」

ギルバートが空いた皿をテーブルに置いたのを見届けてから、オーレリアは続けた。

「差し支えなければ、また昨日と同じように、ギルバート様に治癒魔法を掛けさせていただいてもよろしいでしょうか？」

「ああ、助かるよ。ただ、無理だけはしないで欲しい。……君の魔法は、俺が今までに掛けてもらったどんな治癒魔法とも違うようだね」

彼の言葉に、オーレリアは目を瞬く。

「特別変わったものだという意識はないのですが、確かに、通常の治癒魔法とは違いますね。感覚としては、戦いの場で魔剣士のサポートをする際と同じように、身体が治癒を必要とする箇所に合わせて魔法を使うような、そんなイメージです」

「ほう、興味深いな。魔剣士と治癒師には相性があるという話はよく耳にするが、そういう具体的な感覚の話は初めて聞いたよ。力の使い方が特殊なのかもしれないな」

思案顔でそう呟いたギルバートは、彼の両手をそっと取ったオーレリアを見つめた。

「君が昨日俺に掛けてくれた魔法は、今までの誰の魔法よりも素晴らしい治癒の効果が……いや、治癒という言葉だけでは足りない何かを、俺の身体にもたらしてくれたような気がするんだ」

オーレリアが嬉しそうに笑う。

「ギルバート様は本当にお優しいですね。私は魔力は弱いですが、ギルバート様のお身体が良くなるようにと、願いだけは込めながら魔法を掛けています。では、早速始めさせていただきますね」

瞳を閉じた彼女の両手から再び白く輝く光が放たれ、ギルバートを包み込む。彼の身体に意識を向けていたオーレリアは、昨日とは少し異なる感覚を覚えていた。

（あら？　昨日は、お身体の内側に力が吸い込まれてしまうような、そんな感覚があったけれど。今日は、何だか違うわ）

ギルバートの身体が内側から仄かな光を取り戻しつつあるような微かな手応えをオーレリアは感じていた。

またしても、集中するあまり魔力を使い切ってしまいそうになったオーレリアは、すんでのところで踏み止まると、ゆっくりとその目を開いた。

（よかった。昨日のように、またギルバート様の上に倒れてしまうところだったわ）

足から力が抜けそうな彼女を、ギルバートが心配そうに見つめる。

「魔法を掛けてくれて、ありがとう。……だが、身体は大丈夫かい？」

「ええ、何も問題ありません」

足のふらつきを堪えて微笑んだオーレリアに向かって、ギルバートの腕が伸びる。

（……!?）

気付くと、オーレリアはギルバートに抱き締められていた。

「ギルバート様……？」

かあっと頬を色付かせたオーレリアがギルバートを見上げると、彼は温かく微笑みながら彼女の瞳を覗き込んでいた。

「君の力は、やはり素晴らしいよ。きっと唯一無二のものだね。だが、さっきも言った通り、君に無理をして欲しくはないんだ。今は立っているのも辛いだろう？」

オーレリアの身体の状態を理解している様子のギルバートに、彼女は白旗を上げる。

「……これからは、もっと魔力の配分に気を付けます」

しおらしくそう言った彼女に腕を回したまま、ギルバートは柔らかな笑みを浮かべた。

（結局、昨日と同じことになってしまったわ）

鼓動が高鳴るのを感じながら、オーレリアは温かな彼の腕に身を任せていた。自分に回された腕が、昨日よりも心なしか力強くなっているように感じて、オーレリアの胸に希望の光が灯《とも》る。

（ギルバート様の腕の中は、どうしてこんなに気持ちがいいのかしら……）

頰を染めたままの彼女の胸の奥には、仄かに甘い感情が湧き上がっていた。

＊＊＊

兄の部屋を出たフィルは、胸を躍らせながら弾むような足取りで、屋敷の外で待っている馬車に向かっていた。

（やっぱり、オーレリアは特別な才能の持ち主なんだ）

最近見たことがないほど兄の顔色が良く、そしてその眼差しも強く明るくなっているのを見て、フィルは嬉しくてならなかったのだ。

（それに、兄上のあの心の声……）

ギルバートの心の声を聞いたフィルは、オーレリアに魔法を掛けられてから、不思議と身体に力が戻り始めていると兄が感じていたことに、喜びを隠せずにいた。

（どうか、兄上に奇跡が起きますように）

フィルは馬車の前から屋敷を振り返ると、祈るような気持ちでギルバートの部屋を見上げ、それから馬車へと乗り込んだのだった。

第四節　トラヴィスの焦燥

フィルを乗せた馬車が王立学校に向かう道の途中で、すれ違った一台の馬車があった。その馬車の中には、トラヴィスとブリジットの姿がある。

疲れが取れ切っておらず青白い顔をしているトラヴィスを見て、ブリジットが尋ねた。

「どうされたのですか、トラヴィス様？　顔色が悪いようですが」

「まあ、連日の魔物討伐だからな。少しだけ昨日の疲れが残っているのかもしれない」

オーレリアがパートナーだった時には、ヘルハウンド程度の魔物と戦ったくらいでは、翌日に疲れを持ち越すことはなかったトラヴィスだったけれど、この日はまだ、身体に重く怠いような感覚が残っていた。

ブリジットが明るく笑う。

「それでも、トラヴィス様なら何も問題ないと思いますわ。私だって、昨日より上手くやってみせますし。……これから向かう魔物討伐の目的地は遠いですから、着くまでにはまだしばらく時間がかかることでしょう。今のうちに休息を取ってください」

そう言いながら、ブリジットは彼に身体を寄せると、甘えるように彼の腕に自らの腕を絡めた。

美しい彼女を見つめながらも、トラヴィスの頭には、彼女の姉のオーレリアの顔が浮かぶ。

(もしも、ここにいるのがオーレリアだったなら。……いや、だが、この俺なら大丈夫だ)

トラヴィスは、心の中で何度も自分に向かって大丈夫だと繰り返していた。実のところは昨日にも増して不安が頭をもたげていたけれど、彼は自分に言い聞かせた。

(ブリジットも言っていたように、彼女とはまだ組んだばかりだからな。今日はきっと、昨日よりもスムーズに運ぶに違いない)

振り払おうとしても、胸の中を暗い靄《もや》が覆うようで、彼は無意識のうちに深い息を吐いていた。

トラヴィスを含む魔物討伐隊は、岩に覆われたごつごつとした山の中腹を登っていた。時折現れる小型の魔物たちを薙ぎ払いながら、隊は順調に前進を続けていた。トラヴィスが魔剣を振るった先で、兎《うさぎ》にも似た姿をしたカーバンクルが悲鳴を上げて倒れる。

(このくらいなら、何も問題はないな……)

魔剣の手応えを確認していたトラヴィスは、岩の上で痙攣《けいれん》しているカーバンクルを見つめた。

(昨日の違和感や、今朝体調が優れないように感じたことは、俺の思い過ごしだったのだろうか。

まあ、魔剣士が治癒師と初めてパートナーを組む時は、治癒師の力に身体が馴染《なじ》むまで、多少の時間を要するとも言うからな。特に気にする必要はなかったのかもしれない）

小さく安堵の息を吐いたトラヴィスは、彼の後ろで山を登っているブリジットの姿をちらりと振り返った。

（彼女の方が、オーレリアよりもずっと魔力が強いことは確かなんだ。これから彼女が俺と組むことに慣れてくれれば、俺はきっと、今まで以上に強くなれるはずだ）

視線に気付いたブリジットが、にっこりと美しい笑みを彼に向ける。頬を緩めたトラヴィスは、再び進行方向に視線を戻した。

「いたぞ、トロールだ！」

トラヴィスの少し前にいた騎士が叫ぶ声が聞こえた。トラヴィスの視界に、まだ遠くにいる褐色の毛に覆われた巨体が映る。トロールは、ゆっくりとした動きで山腹の岩の間を移動しているところだった。

この日、魔物討伐隊を率いていたのは、国王の甥《おい》に当たる騎士だった。彼が隊のメンバーを振り返る。

「この山の麓で、数体のトロールの目撃情報があった。あの個体のほかにも、恐らくこの付近に何体か潜んでいるはずだ。さほど多くはないだろうが、気を引き締めて臨んでくれ」

他の騎士たちと共に、トラヴィスは彼の言葉に頷いた。先日の祝勝会でも、トラヴィスは彼から、今後も期待していると声を掛けられていた。

できればここで彼に良いところを見せておきたいと、そうトラヴィスは考えていた。

(ここで俺が目立った活躍をできれば、彼の覚えもさらにめでたくなるだろう。トロールなら、今までにも何度か対峙《たいじ》しているし、かなりの巨体だって仕留めている。俺なら造作なく倒せるはずだ)

彼は魔剣を握り直す。

(トロールは狂暴で力は強いが、たいした知性は持っていないからな。あの怪力と自己再生能力は、まとめてかかって来られたら厄介だが、一匹ずつ倒せばたいしたことはないだろう)

トラヴィスは辺りを見回した。さっき視界に捉えたトロールのほかに、さらに大型の個体が一体、彼の視界の端に映る。

(どうせ倒すなら、最も強い個体がいい)

過去の魔物討伐と同じ調子でそう考えたトラヴィスは、最大のトロールに狙いを定めた。

岩陰から、他にも二、三体の中型のトロールがのろのろとした動きで姿を現した。ようやくこちらに気付いたトロールたちが、何事かといった様子で彼らの方を振り向く。

「いくぞ！　手分けしてかかれ！」

隊長の号令に、騎士たちはそれぞれトロールに向かって走り出した。前衛部隊の彼らの後に、少しだけ距離を置いて治癒師たちも続く。

トラヴィスは風を切るように全力で走ると、まだ驚き戸惑っている様子のトロールに向かって、高く跳躍して斬りかかった。

心臓を狙ったトラヴィスだったけれど、慌てて逃げようと身体を捻《ひね》ったトロールは巨体の割には意外にも素早く、彼の魔剣は空を切る。

（くそっ）

トラヴィスのほかにも、数人の騎士や魔剣士たちが同じトロールに向かって駆けて来ていた。近付いて来る彼らの姿を見て、トラヴィスが小さく唇を噛《か》む。

（……これは、俺の獲物だ）

逃げようと走り出していたトロールは、行く手を遮ろうとする騎士の姿を認めると、速度を緩めて狼狽《うろた》えたようにきょろきょろと辺りを見回した。すかさず、トラヴィスは再びトロールに向かって跳躍すると魔剣を振り上げる。

（今度こそ、俺が仕留める）

おろおろとしているトロールの背中側から心臓を目掛けて、トラヴィスは思い切り魔剣を突き立てた。

トロールの血飛沫《ちしぶき》が舞い、その絶叫が辺りにこだまする。

確かな手応えと、深くトロールの身体に沈んだ魔剣に、トラヴィスは身体中の血が沸き立つのを感じていた。

（これで、俺の勝ちだ）

にやりと口元に笑みを浮かべたトラヴィスだったけれど、トロールは倒れることなくその場に立ち尽くしていた。

（……？）

崩れ落ちないトロールにトラヴィスが困惑していると、トロールはぐるりとその首だけを後ろに向けた。怒りを滾らせたその金色の瞳を見て、彼の全身からさあっと血の気が引いていく。

（まさか、そんなはずは）

魔剣をトロールの身体から引き抜こうとしたトラヴィスだったけれど、いくら力を込めても抜ける気配がない。さらに奥まで突き刺そうとしても、抜こうとしても、ぴくりとも動かない魔剣に、トラヴィスの頭は真っ白になっていた。

「トラヴィス、逃げろ！」

味方の騎士の声に、トラヴィスがはっと我に返った時には、ぶるりと身体を揺すったトロールから地面に振り落とされ、その巨大な拳が彼の目の前に迫っていた。

振り下ろされるトロールの腕に味方の騎士が投げた剣が刺さり、拳の軌道が逸《そ》れる。けれど、トロールの強力な一撃はトラヴィスの脇腹を掠め、彼の身体は大きく吹き飛んだ。

「ぐっ……」

衝撃に身体を震わせながら地面に這《は》いつくばったトラヴィスが必死になって顔を上げて周囲を見

回すと、やや離れた場所に立っている顔面蒼白《そうはく》のブリジットが視界に入った。トラヴィスと目が合った彼女が、慌てて彼に向かって治癒魔法を唱える。

ダメージを受けてから一呼吸遅れて治癒魔法を掛けたブリジットを、霞《かす》んでいく視界にぼんやりと映していた彼の耳に、切羽詰まった仲間の声が届く。

「トラヴィス！」

怒りに我を忘れたトロールは、自分を囲む他の騎士たちには目もくれず、トラヴィスにとどめを刺そうと追い掛けて来ていた。

仲間の声に上半身を起こしたトラヴィスに対し、今度は頭を目掛けてトロールが拳を振り上げた時、彼は恐怖に身を竦《すく》めて固まっていた。しかし、そのままトロールは動きを止めると、瞳の光を失ってどさりと横向きに倒れた。

「大丈夫か？」

仲間の魔剣士が、とどめを刺すためにトロールの首を刎《は》ねてから、トラヴィスに向かって手を差し出す。

「らしくないな。確かに強力なトロールだったが、お前なら涼しい顔で一撃ってところだろうに。調子でも悪いのか？」

「ああ、ちょっとな」

青い顔をしたトラヴィスの言葉に、納得したように彼は頷いた。

「それなら、無理はするな。死を覚悟した魔物ほど、恐ろしいものはない。命を落としてからじゃ遅い、いったん下がってろ」

魔剣士はトロールの身体に刺さったままになっていたトラヴィスの魔剣を引き抜くと、彼に向かって放り投げた。

無言で魔剣を受け取ったトラヴィスが、駆け寄って来たブリジットに支えられながらよろよろと後方に下がる。

「大丈夫ですか、トラヴィス様？」

ブリジットは動揺に目を潤ませながら、彼の血の気のない顔を覗き込んでいた。

「このくらい、何でもないさ」

口ではそう答えながらも、トラヴィスの目が泳ぐ。

(どうなっているんだ……？)

どうにか命拾いしたトラヴィスは、心臓がばくばくと大きな音を立て続ける中で、必死に頭を巡らせていた。

(今まで、この状況でトロールが倒せなかったことは一度もない。どういうことだ？　なかなか見ないような巨体ではあったが、突き刺す力が弱かったのか、スピードが足りなかったのか、刺す角度がまずかったのか……)

トロールは一撃で仕留めないと面倒だということは、当然トラヴィスも知っている。けれど、これまで当たり前のようにほとんどの魔物を一撃で倒してきた彼にとっては、魔剣の一刺しで難なく命を奪えるだろうと考えていた。

（それとも、オーレリアがいないからか……？）

考えたくなかった可能性に、彼は改めて思い至っていた。

トラヴィスが何も言わずとも、絶妙なタイミングで癒してくれたオーレリアの顔が、再び脳裏に浮かぶ。

（俺に捨てられてすぐに嫁いだという彼女は、いったい今、どうしているのだろうか）

治癒師としてのブリジットとの息が次第に合っていくことにも、まだ希望を捨て切れずにいるトラヴィスだったけれど、オーレリアを手放してしまったことを彼は既に悔やみ始めていた。

（こんなに早く、オーレリアを捨てたことを後悔することになるなんて……）

かつてトラヴィスの命を救っただけでなく、数えきれないほど彼を癒してきたオーレリアに対する恩知らずな行いを棚に上げて自らの不運を嘆いた彼は、無意識のうちに拳を握り締めていた。

心ここにあらずといった様子で、何かに思いを馳《は》せているような彼を見て、ブリジットが微かに顔を歪《ゆが》める。

「トラヴィス様……またお姉様のことでも考えていらっしゃるのですか？」

「……っ、それは……」

察しの良いブリジットの言葉に、トラヴィスははっと我に返った。思わず言葉を濁してしまった自分に焦りながら、彼は引《ひ》き攣《つ》った笑みを浮かべる。

「そんなはずがないだろう。だから、そんな顔をしないでくれよ、ブリジット」

白々しい彼の言葉が、ブリジットをさらに苛立たせた。

(トラヴィス様の顔には、私の立場にお姉様がいたらって、そう書いてあるわ。……確かに、トラヴィス様に治癒魔法を掛けるのが、一呼吸だけ遅れてしまったけれど。私の方がお姉様よりずっと魔力が強いはずなのに、どうしてなの?)

姉に対する激しい嫉妬を胸の中に渦巻かせながら、ブリジットは悔しそうにぎゅっと唇を噛んでいた。

第五節　ギルバートの胸の内

オーレリアがエリーゼル侯爵家に来てから、早くも一月近くが経っていた。オーレリアが慣れた手付きでギルバートの部屋のドアをノックすると、部屋の中から彼の明るい声が返って来る。

「失礼します」

部屋のドアを開けたオーレリアの腕には、可憐《かれん》な花々を生けた花瓶が抱えられていた。

ギルバートのベッドの脇にあるテーブルの上に、オーレリアは花瓶をそっと置いた。ふわりと漂った甘い花の香りに、ギルバートが目を細める。

「良い香りだね。部屋の中も、一気に明るくなったようだ」

花瓶には、ピンク色の薔薇《ばら》と、白くふわふわとした小さな花が飾られていた。オーレリアはギルバートを見つめて微笑んだ。

「ちょうど綺麗《きれい》に咲いていたので、庭師の方にお願いして、何本かいただいてきたのです」

「そうか。わざわざありがとう」

上半身を起こそうとギルバートが身体を動かしたのを見て、オーレリアは手を貸そうと彼の側に近付いた。彼は笑顔でオーレリアを見上げる。

「君が来てくれてから、身体の内側から少しずつ新しい力が湧き出してくるようなんだ。もう、君の手を借りなくても、身を起こすくらいならできるようになったよ」

ベッドに手をついて、ゆっくりとした動きではあるものの、しっかりと上半身を起こしたギルバートを見て、オーレリアは信じられないような思いで瞳を潤ませた。

（一月前、この家でお会いしたばかりの時には、あれほどお辛そうなご様子だったのに……）

死を待つばかりだと思われていた彼を看取りに来て欲しいと、フィルに頼まれたのが、オーレリアにはずっと昔のことのように感じられる。

（ギルバート様は、このところ毎日顔色も良いし、何より明るい瞳をしていらっしゃるとは思っていたけれど。お身体までこれほどの回復が見られるなんて、神様に何て感謝したらいいのかしら）

オーレリアは顔いっぱいに笑みを浮かべると、彼を見つめた。

「素晴らしいですね。ギルバート様のお身体の具合が日に日に良くなっていらっしゃるようで、本当に嬉しいです」

ギルバートが愛しげにオーレリアを見つめ返す。

「君のお蔭だよ。少し前までは、俺自身も、自分の身体がこうしてまた動くようになるとは想像してもいなかった」

「ギルバート様は、必ず回復なさると信じていますす。今日も治癒魔法を掛けさせていただきますね」

精神を集中させたオーレリアの両手から放たれた、きらきらとした白い光が、ギルバートの身体を包み込む。オーレリアには、彼の身体の内側に灯る微かな光が、少しずつその明るさを増しているように感じられていた。

（よかった、順調に回復なさっているようね。それに、上手く魔力を配分できるようになってきたみたい。ギルバート様に治癒魔法を掛ける感覚が、だんだん摑めてきたような気がするわ）

ギルバートに魔法を掛け終えた今も、オーレリアの足元はしっかりしている。これまで、ギルバートについ魔力を使い過ぎ、幾度も足元をふらつかせては彼の手を借りていたオーレリアだったけれど、この日は彼に心配を掛けずに済んだことに、ほっと胸を撫で下ろしていた。そんな彼女を、ギルバートが感謝の籠った瞳で見つめる。

「ありがとう、オーレリア。また身体が軽くなったようだ」

「それは何よりです」

オーレリアは頬を染めると、はにかむように微笑んだ。

（私、ギルバート様とこうして一緒の時間を過ごす度に、どんどん彼に心惹かれていっているわ）

心に温かく沁《し》みるような、ギルバートの表情や言葉の一つ一つが、同時にオーレリアの胸を甘く高鳴らせるようになっている。胸の奥がどうしようもなく熱を帯びるのを感じて、彼女はギルバートへの想いを自覚せずにはいられなかった。

トラヴィスとの婚約解消から、まだそれほど時間が経った訳ではなかったけれど、彼の存在は、辛かった記憶と共に、既に遠いものになりつつあった。

ギルバートの身体が快方に向かうことを何より喜ばしく思い、そしてそんな彼のことを一番側で見守れる幸せを感じながら、オーレリアは彼に向かって口を開く。

「もしも、ギルバート様のお身体に障らないならですが。もう少し様子を見てから、車椅子で庭に出てみませんか？　瑞々《みずみず》しい花があちこちで咲き誇っていて、とても綺麗なのです」

オーレリアがエリーゼル侯爵家に来たばかりの時、ギルバートは長いこと車椅子にすら乗れずにいると、フィルが嘆いていたのを彼女は耳にしていた。次第に回復していくギルバートを見ていると、今の彼ならば、車椅子も遠からず使えるような気がした。

「前にも君は、俺の体調が落ち着いたら、外に出てみないかと言ってくれていたね。あの時は、俺に希望を与えるために励ましてくれたのだろうと、そう思っていたのだが……」

オーレリアが置いた花瓶に生けられている、屋敷の庭に咲く花を眺めて、ギルバートは明るい表情で笑う。

「車椅子を使うことも、もう夢ではなくなってきたようだ。庭に出られる時が楽しみだよ」

オーレリアも彼につられるように微笑んだ。

「ご無理だけはなさらないでいただきたいのですが、私も楽しみです。……ところで、薔薇と一緒に花瓶に生けてある、白くて小さな花が見えますか？」

「ああ、愛らしい花だな。この花も、薔薇とはまた違った甘い香りがするようだね」

香りを確かめるように大きく息を吸い込んだギルバートに、オーレリアは頷いた。

「それはエルダーフラワーという花で、見た目も可愛らしいのですが、実は薬効のあるハーブなのです。癖もなくて飲みやすいので、今度、ハーブティーにしてお持ちしてもよろしいでしょうか？」

「ああ、ありがとう。是非飲んでみたいよ」

オーレリアの顔が、ぱっと明るく輝く。

「では、これから庭師の方に頼んで、エルダーフラワーをもう少しいただいてまいりますね。できることなら、早く召し上がっていただきたいので」

弾むような足取りで、オーレリアは部屋を出て行った。ギルバートのために、自分にできることがあるのが嬉しくて堪《たま》らないといった様子の彼女の背中を、ギルバートは名残惜しそうに見送った。

彼女が出て行ってしばらくしてから、ギルバートの部屋のドアがノックされた。ドアの隙間から、ひょっこりとフィルが顔を覗かせる。

「ただいま、兄上」

「ああ、フィルか。お帰り」

ギルバートの顔が仄かに赤いことに目敏《めざと》く気付いたフィルは、小さく首を傾げた。

「どうしたの、兄上？」

普段なら、心の声が聞こえるフィルだったけれど、今の兄の心の声は、兄自身も困惑を覚えているような、複雑な気持ちが絡み合ったもののようで、フィルにもはっきりとは聞き取れなかった。

フィルの心の声を聞く能力も、万能という訳ではない。本人が気持ちを自覚していなければ、心の声は聞きようがないし、考えが纏まらずにいるような場合にも、それを聞くことは難しいからだ。

疑問符を頭に浮かべている様子のフィルに向かって、ギルバートが苦笑する。

「すまない。部屋のドアが開いた時、ついオーレリアが戻ってきてくれたのかと思ったんだ」

「へえ、そうだったんだ。だから、あんな顔をしてたんだね」

オーレリアが来ることを期待していた様子の兄を見て、フィルは明るい顔で笑うと、ベッドサイドまでやって来て腰掛けた。

「兄上の身体も、日を追うごとに良くなっていっているし、オーレリアとも仲が良いみたいだし、言うことないね。……なのに、どうしてそんなに難しい顔をしているの？」

ギルバートは小さく息を吐くと、片手で自分の前髪をくしゃっと掴んだ。

「フィルには今後、隠しようもないだろうからな。オーレリアのことなんだが……」

「えっ、オーレリアがどうかしたの？」

驚いた様子のフィルに向かって、ギルバートはすぐに首を横に振った。

「いや、オーレリアには本当に頭が下がるよ。これは、彼女がどうということではなくて、俺の問題なんだ」

「兄上の……？」

「ああ」

少し口を噤んでから、ギルバートはフィルを見つめた。

「俺は、オーレリアに甘え過ぎているような気がする。はじめは、生きているうちにもう一度だけでも会えたらと願っていた彼女が、こんな身体の俺に嫁いで来てくれたことへの感謝で、胸がいっぱいだった。彼女と最期の時間を過ごせることに、ただ幸せを感じていたんだ。だが……」

ギルバートが、頬を色付かせたまま目を伏せる。

「一番近くで俺を懸命に支えてくれるオーレリアを見る度に、どうしようもなく、愛しさが胸に湧き上がってくるんだ。彼女と共に時間を過ごすほどに、もっと彼女の側にいたい、彼女の笑顔が見たいと、その魅力にさらに惹き付けられている自分がいる」

フィルは、きょとんとして目を瞬いた。

「それのどこに悩む必要があるの？　だって、オーレリアは兄上の奥さんなんだよ？」

「オーレリアは、自らの意志で嫁いできてくれたとはいえ、元はと言えば、俺を看取るために来てくれたのだろう？　そんな彼女に、感謝以上の愛しさをこれほど感じている自分に戸惑っているんだ。清らかで優しい彼女につけ込んでいるような気がしてね」

さっき、オーレリアが治癒魔法を掛けてくれた時も、今日は彼女の足元がしっかりしていたことに安堵したのと同時に、彼女に腕を伸ばせないことへの寂しさを感じた自分に気付いて、ギルバートは困惑していたのだった。

「つまり、兄上はオーレリアのことが好きなんだよね？」

それは、フィルにとっては、兄の表情の一つ一つにしても、オーレリアがやって来てすぐの頃から、手に取るようにわかっていたことだ。けれど、普段は冷静な兄が、頬を染めて動揺を隠せずにいる様子に、フィルは温かな笑みを浮かべた。

「……そうだな。思い返してみれば、俺に嫁ぐと、あの純粋な瞳で言ってくれた時から、俺はオーレリアに、たった一人の大切な女性として惹かれていたのだろう」

納得したように頷いたフィルの前で、ギルバートは呟くように言った。

「心に傷を負っているようだったオーレリアの、自信なさげな表情を見ていると、俺の胸まで痛むようで……。彼女に自分の素晴らしさを自覚して欲しいと、そう願っていたのだが。それ以上に、

俺自身がさらに彼女に惹かれていたようだ」

「こんな兄上、初めて見たよ。でも、兄上の気持ちはよくわかるな」

フィルの表情が、ふっと柔らかくなる。

「あんなに素敵な人がずっと側で尽くしてくれたなら、もっと好きにならずにいる方が難しいよ。それに、兄上も気付いているでしょう？　オーレリアも、兄上に惹かれていることに」

「それは……」

兄の言葉を先回りするように、フィルが続ける。

「兄上に嫁いできた時期が、いくら前の婚約者との婚約解消直後だったからって、オーレリアは、傷心のせいだけで兄上に心を動かされた訳じゃないからね。彼女はちゃんと、兄上のことを見ているよ」

幸せそうに微笑んだ兄を前にして、フィルは喜びが胸を満たすのを感じていた。

（オーレリアなら兄上に希望を与えてくれると、そう信じていたけれど。兄上にこんな顔をさせられるのは、やっぱり彼女しかいなかったんだ）

フィルにとって、ギルバートとオーレリアは、深い核の部分がよく似ているような気がしていた。繊細で優しく、思いやりがあり、フィルが知る誰より澄んだ心をしている二人がこうして惹かれ合うのは、ごく自然なことに思われたし、彼が想像していた通りでもあった。

オーレリアが訪れる前から、ギルバートの心の声を聞いていたフィルは、兄が一人の女性としての彼女に惹かれるに違いないと、強い確信を抱いていたのだ。

彼は兄の瞳をじっと覗き込んだ。

「オーレリアの側にいると、兄上の役に立てること、そして兄上に大切にされていることに、彼女も心から喜びを感じているのがよくわかるんだ。これまで理不尽に傷付けられてきたみたいだから、その分まで、兄上が幸せにしてあげたらいいんじゃないかな？」

「それができたならどれほどいいかと、心の底から思うよ。もう手放しかけていた生きることへの欲求を、これほどはっきりと覚えたのは彼女が来てくれてからだ。未来に対しても、どんどん貪欲になっている自分がいる。だが……」

オーレリアとの時間を少しでも長く過ごしたいという想いが、彼の心を支えていた。ただ、体調にも回復の兆しが見られ、未来への希望が日に日に膨らんでいく一方で、今はまだ寝たきりで、医師からは元のようには治らないと言われている現実もある。

自分が世を去ることになった時に、不必要にオーレリアを悲しませたくないという気持ちと共に、もし生き長らえたとしても、さらに彼女に負担を掛けてしまうのではないか、本当に彼女を幸せにできるのだろうかという不安が、彼を逡巡させていた。

そんな兄の胸の内を汲《く》み取《と》ったフィルは、きっぱりと言った。

「兄上は、絶対に治るよ」

彼は真剣な表情で、ぎゅっと兄の手を握る。

「オーレリアが来てくれてからの兄上の様子を見ていて、僕はそう信じているよ。……だから、兄上は身体を治すことに集中して、オーレリアには素直に気持ちを伝えてあげて欲しいんだ。兄上だって、オーレリアのことを信じているでしょう?」

「ああ、その通りだ」

(フィルの方が、俺よりも余程大人だな)

ギルバートがすっきりとした表情でフィルに笑い掛けた時、部屋のドアがノックされた。ギルバートが返事をすると、手に大きな籠を持ったオーレリアがドアを開ける。

「失礼します」

オーレリアを見た途端、ギルバートの顔が綻ぶ。彼女はギルバートに笑みを返してから、ベッドに腰掛けていたフィルの姿を認めて微笑んだ。

「フィル、お帰りなさい」

「ただいま。……オーレリア、それは何?」

オーレリアが手にしている籠いっぱいに摘まれた白い花を目にして、フィルは目を瞬いていた。

「これは、エルダーフラワーという薬効のある花なの。さっき庭師に尋ねたら、好きなだけ持って行っていいと、たくさんくださったのよ。それに、いつでも摘んで構わないと言っていただいたわ」

「わあ、可愛い花だね。庭でこの香りを嗅いだような気はするけど、名前も、薬効があるってことも知らなかったな」

白く小さな、ふわふわした花から漂う甘い香りが鼻腔《びこう》をくすぐる。フィルはにっこりと笑うと、ベッドから立ち上がった。

「じゃあ、僕はもう行くね」

兄に目配せをしてから、フィルは足取りも軽く部屋を出ていった。オーレリアは申し訳なさそうに眉尻を下げる。

「すみません。フィルと話していらしたのに、お邪魔してしまったでしょうか」

「いや、そんなことはない。ちょうど話も切りが良かったところだし、君が気にするようなことは何もないよ」

オーレリアは、籠から顔を覗かせているたくさんのエルダーフラワーに視線を落とした。

「良い香りですし、こんなにいただいたので、ついギルバート様にお見せしたくなってしまって」

「嬉しいよ。甘くて爽やかな香りだね。これでハーブティーを作るのかい？」

「はい。乾燥させる時間が少々必要になりますが、作ったらまたお持ちしますね」

「ありがとう、オーレリア」

にっこりと笑ったギルバートは、フィルの言葉を思い出しながら両手を伸ばすと、そっと愛おしそうに彼女を抱き寄せた。

「……！」

驚いたオーレリアの手から落ちた籠が、とさっと真っ直ぐ床に着地する。

（まるで、ギルバート様には、私の気持ちがわかっていらっしゃるみたいだわ）

エルダーフラワーの花を摘もうとギルバートの部屋を出たオーレリアは、治癒魔法の後、彼に余計な心配を掛けずに済んだことには安堵していたものの、毎回のように包んでくれた彼の腕の温かさを思い出して、どこか後ろ髪を引かれるような思いでいたのだった。

ギルバートが同じ気持ちを抱いていたことには、オーレリアもさすがに気付いていなかった。

籠から花が零れ落ちなかったことにほっとしながら、頬を染めていたオーレリアが口を開く。

「私にできることがあれば、何でも仰ってください」

「こうして君が側にいてくれることが、俺にとっては何より幸せに感じるんだ」

未来を照らす光そのもののような彼女のことを、ギルバートは優しい瞳で見つめた。

オーレリアはギルバートを見つめ返すと、はにかむように笑った。

（……ギルバート様がなぜ私を望んでくださったのかも、いつか教えていただけるかしら）

ふとそんなことを考えながら、オーレリアは高鳴る胸を抱えて、ギルバートの温かな腕に身を預けていた。

第三章

第一節　結婚指輪

ギルバートの部屋のドアがノックされ、彼の返事に続いて開いたドアからオーレリアが姿を現した。

部屋に入って来たオーレリアに、ギルバートは嬉《うれ》しそうに笑い掛けると、彼女が手にしているトレイに視線を移した。トレイの上には、二つのマグカップと一つのポットが載せられている。

「それは、何だい？」

彼女がテーブルに置いたマグカップの中には、淡い蜂蜜色をした、湯気の立つ液体が揺れていた。

「これは、昨日摘んだエルダーフラワーで作ったシロップを、お湯で割ったものです」

マグカップからは、ふわりと甘い香りが漂っている。

「エルダーフラワーは、ハーブティー用にも乾燥させているのですが、完成するまでに少し時間がかかってしまいます。たくさん摘んでいましたし、シロップはもっと短時間で作れるので、一部はシロップにしてみました」

籠いっぱいに摘んだエルダーフラワーの大半を干してから、残した分をキッチンに持ち込んだオーレリアは、その花の部分だけを取り、手際よくシロップを作っていたのだ。

「ほう、あの花からはシロップも作れるのだな。もらってもいいかい？」

「はい、どうぞ召し上がってください」

マグカップに口をつけて傾けると、ギルバートの喉がこくりと動く。その顔がふっと綻んだ。

「程よい酸味と甘みがあって、美味《おい》しいな」

「それはよかったです。酸味は、花と一緒にシロップに加えたレモン汁によるものです」

「そうだったのか。口当たりもいいし、身体《からだ》も温まるね」

彼の言葉に嬉しそうに笑ったオーレリアも、マグカップを口に運ぶ。

ギルバートは、いったんテーブルに置いたマグカップを眺めながら、感慨深げに口を開いた。

「これを飲んでいると、いつだって俺の身体のことを一番に考えてくれる、君の温かな気持ちまで伝わってくるような気がするよ」

身体だけでなく、心も温まるのを感じていたギルバートの言葉に、オーレリアもテーブルにマグカップを置くと明るく笑った。

「ふふ。ギルバート様のお身体が良くなるようにと、願いながら作っているのは間違いありません」

エルダーフラワーには、「苦しみを癒《いや》す」という花言葉がある。屋敷《やしき》の庭でこの花に気付いたオーレリアは、ギルバートの苦しみが少しでも癒えるようにとの願いを込めて、庭師にこの花を分けてもらっていたのだった。

ギルバートはオーレリアを見つめると、愛《いと》しげに目を細めた。

「……君は可愛《かわい》いな」

「えっ？」

思い掛けない彼の言葉に、オーレリアの頬がふわりと染まる。

(可愛いなんて言われたのは、初めてだわ)

どぎまぎとしている彼女に、ギルバートは柔らかな笑みを浮かべた。

「君がこの家に来てくれてからずっと、俺は何て幸せ者なのだろうと、そう思っているよ。君に負担を掛け過ぎていないか、心配ではあるがね」

オーレリアは真《ま》っ直《す》ぐに彼を見つめた。

「決して負担などではありませんから、ご安心ください。ギルバート様のために、少しでも私にできることがあるなら、とても嬉しいのです」

「そうか、ありがとう」

輝くような笑みを浮かべたギルバートが、オーレリアに向かって両腕を伸ばす。彼女ははにかみながらも、彼の腕に飛び込んだ。

ギルバートとの距離も日毎《ひごと》に縮まっているような気がして、身体に回された腕の温《ぬく》もりを感じながら、オーレリアの胸は幸せな気持ちで満たされていた。

その時、部屋のドアをノックする音が二人の耳に届いた。

「はい、どうぞ」

返事をしながら、慌ててギルバートの腕の中から飛《と》び退《の》くと、開いたドアの隙間からアルフレッドの姿が覗《のぞ》く。オーレリアの火照った顔を見て、微笑《ほほえ》ましげに目を細めたアルフレッドは、一礼をしてから部屋の中に進むと、ギルバートに小さな包みを手渡した。

「旦那様、先程ようやくこちらが届きました」

「ああ、ありがとう」

包みの中身がわかっている様子の二人のやり取りを、オーレリアは不思議そうに聞いていた。彼女に向かって温かな笑みを浮かべてから、アルフレッドは再び一礼すると部屋を辞した。

ギルバートが、改まった様子でオーレリアを見上げる。

「少し遅くなってしまったが、君に受け取って欲しいものがあるんだ」

「はい、何でしょうか？」

ギルバートが包みを解《ほど》くと、その中から紺色のビロードの小箱が現れた。その小箱の蓋を、彼がそっと開く。何が入っているのだろうと、ギルバートの手元を覗き込んだオーレリアに向かって、彼はくるりと箱を回転させて中身を示した。

「わあっ……」

小箱の中には、一対のシンプルな金の指輪が入っていた。思わず声を上げたオーレリアを前に、ギルバートが穏やかに笑う。

「見ての通り、俺たちの結婚指輪だ。君が来てくれてから、痩せ細っていた俺の指のサイズが戻ったこともあって、準備に時間を要してしまったんだ。待たせてしまって、悪かった」

オーレリアは笑顔で首を横に振る。

「それは、ギルバート様が健康を取り戻していらっしゃるということですもの。むしろ喜ばしいですわ」

ギルバートは、小さな方の指輪を手に取ってからオーレリアを見つめた。

「この指輪を、君の左手に嵌《は》めさせてもらってても？」

「はい……！」

喜びがひたひたと胸に満ちるのを感じながら、オーレリアは左手を彼に差し出した。彼女の手を取ったギルバートが、その薬指に結婚指輪をすっと嵌める。

ぴったりと左手薬指に嵌まった結婚指輪を、感動の面持ちでしばらく眺めていたオーレリアは、小箱の中にあるもう一つの結婚指輪に視線を移した。

「こちらの指輪は、私からギルバート様の指に嵌めさせていただいてもよろしいですか？」

「ああ、ありがとう」

彼から差し出された白く形のよい左手を取ると、その薬指に、オーレリアは丁寧に結婚指輪を嵌めた。口元を綻ばせたギルバートが、再びオーレリアを見つめる。

「嫁いで来てくれたというのに、俺は夫らしいことは何もしてやれずに、すまないな。書類の上で籍を入れただけで、すっかり君に甘えているというのが正直なところだ。……だが、君を愛しく想《おも》う気持ちは、誰にも負けないつもりだよ」

真剣な彼の瞳とその言葉に、はっとオーレリアの目が瞠《みは》られ、薄らと涙が滲《にじ》む。ギルバートの温かさを常に感じてはいたオーレリアだったけれど、それが自分に対する愛情によるものなのか、それとも単なる優しさに過ぎないのか、自信が持てず不安に思っていたのだ。彼に想いをこうしてはっきりと口にしてもらえたことが、オーレリアには純粋に嬉しかった。

彼女の左手を取って口付けると、ギルバートは続けた。

「君がフィルに頼まれて、俺の最期の時間を共に過ごすために来てくれたことは理解している。だが、今では、俺は君と歩む未来を夢見ているんだ。これからも、ずっと俺の側《そば》にいてくれるかい？」

「はい」

即答したオーレリアは、花が綻ぶように笑った。

「まだ私はギルバート様のお側に来たばかりですが、これほど幸せで穏やかな日々は、今までの人生で初めてです。ギルバート様のお側に置いていただけるなら、私はほかに何もいりません。それに、ギルバート様は必ず、これからもっとお元気になりますから」

包み込むようなギルバートの温かさに、オーレリアはトラヴィスに傷付けられた心を癒されるのと同時に、すっかり彼に心を奪われていた。そして、ギルバートに必要とされること自体にも喜びを感じていた。彼が少しずつ回復していくことが、オーレリアにとっては自分のこと以上に嬉しく思えるのだ。

何の躊躇《ためら》いもなく首を縦に振った彼女に、ギルバートも笑みを返す。

「愛しているよ、オーレリア」

サファイアのような深い青色の瞳でギルバートに見つめられ、オーレリアの心臓は大きく跳ねた。

(何てお綺麗《きれい》なのかしら……)

ギルバートは、オーレリアがエリーゼル侯爵家に来たばかりの頃も、やつれていたとはいえ美しかったけれど、日を追う毎に、さらに輝くばかりの美貌を取り戻しつつあった。

眩暈《めまい》がするほど美しいギルバートに至近距離から見つめられて、かあっと頬を染めていたオーレリアの顎に、そっと彼の手が伸ばされた。

ギルバートの顔がゆっくりと近付き、彼の唇がオーレリアの唇に優しく重ねられる。

(……!)

初めて彼に唇に口付けられて、オーレリアは息が止まりそうになっていた。

柔らかなギルバートの唇の感触に、それが離れてからも、余韻に胸を大きく跳ねさせていたオーレリアは、真っ赤になったまま彼に向かって微笑んだ。

「お慕いしております、ギルバート様」

ギルバートがオーレリアの身体をきつく抱き締める。日が経《た》つにつれてしっかりと力強くなる彼の腕の感触が、オーレリアには頼もしく感じられた。

そして、ギルバートと自分の左手薬指に輝いている揃《そろ》いの結婚指輪からは、彼と夫婦になったことが確かに感じられて、オーレリアはくすぐったいような喜びを覚えていた。

オーレリアは彼の背中に両腕を回すと、溢《あふ》れるような愛しさを感じながら、ぎゅっと彼の身体を抱き締め返した。

＊＊＊

「ただいま！」

いつものように、王立学校から帰って来たフィルの声が廊下に響く。オーレリアはぱたぱたとキッチンから走り出ると、彼に向かって微笑んだ。

「お帰りなさい、フィル」

フィルは、エプロン姿のオーレリアをしげしげと眺めた。彼女の左手薬指に輝く金の結婚指輪も、最近は見慣れてきたところだ。

「オーレリア、このところはよくキッチンにいるね。でも、無理する必要はないんだからね？」

気遣わしげにオーレリアを見つめたフィルに対して、彼女は首を横に振った。

「私が好きでやっているだけだから、何も問題はないわ。それに、せっかく時間があるから、ギルバート様に何を作ろうかと考えるのも楽しくて」

「そっか、それならよかった。兄上も、オーレリアの料理の腕を褒めちぎってたよ」

ほっとしたように笑ったフィルが、彼女に尋ねる。

「今は何を作ってたの？」

「さっきババロアを作って冷やしているから、それに添えるソースを作っていたの。ちょうどできたところだから、よかったらお茶にしましょうか？」

「うん！　ありがとう。楽しみだな」

大きな碧眼《へきがん》を輝かせた彼は、嬉しそうに頷《うなず》いた。

「制服を着替えたら、ダイニングルームに向かうね」

「ええ。準備をしておくわね」

小走りに部屋に戻って行く彼の背中を見つめて、オーレリアは温かな笑みを浮かべた。


ダイニングルームのドアを開けたフィルは、目を丸くした。

「……兄上！」

ババロアとティーカップが並べられたテーブルに、車椅子に乗った兄のギルバートがついているのを見て、フィルは驚きのあまり、しばし言葉を失っていた。

ギルバートが、フィルを振り向いてにっこりと笑う。はっと我に返ったフィルは、兄の元に駆け寄るとそのまま彼に抱き着いた。

「いつの間に、また車椅子に乗れるようになったの？　身体は大丈夫？」

「ああ、すごく調子がいいよ。これも全部、オーレリアのお蔭《かげ》なんだ」

彼は、ガラスのティーポットからカップにお茶を注いでいるオーレリアを、感謝を込めて見つめた。

「オーレリアは、いつも俺に細やかな気配りをしてくれる。ここ最近は、寝たきりで動きづらくなっていた俺の膝や足首の曲げ伸ばしを手伝ってくれたり、マッサージをしたりもしてくれているんだ。何てお礼を言えばいいのかわからないよ」

ギルバートの言葉に、オーレリアは遠慮がちに微笑んだ。

「微力ながら、私にもお手伝いできそうなことをしているだけですから。それに、ギルバート様が回復なさっていく様子を側で見られることが、何よりのご褒美です」

ことりとポットをテーブルに置いたオーレリアに向かって、ギルバートは愛しげに手を伸ばすと、彼女を抱き寄せて頰に軽く口付けた。

たちまち顔中を赤く染めて、口付けられた頰に手を当てたオーレリアを見て、フィルがくすりと笑みを零《こぼ》す。

「二人の仲が良くって、何より。……オーレリア、僕からもお礼を言わせて。兄上に嫁いで来てくれて、本当にありがとう。こんな風に、また兄上ともお茶のテーブルを囲めるなんて。オーレリアが前に、僕に言ってくれた通りになったね」

ギルバートはまだ椅子ではなく、車椅子に乗ってはいたけれど、その表情がすっかり明るさを取り戻していることが、フィルには嬉しくて堪《たま》らなかった。

「オーレリアが来てくれてから、まだ二月も経ってはいないよね？　あなたはこんなに短期間のうちに、重苦しい空気が漂っていたこのエリーゼル侯爵家をすっかり変えて、新しい希望の風を吹き込んでくれたね」

しみじみとそう言ったフィルに、オーレリアはにこやかに笑った。

「フィルが私をギルバート様の元に連れて来てくれたことに、私もお礼を言いたいと思っていたの。ギルバート様も皆もとても優しくて、これほど幸せな時間を過ごせることに感謝しているわ」

「そう言ってもらえると、僕も嬉しいよ」

椅子に腰を下ろしたフィルは、ギルバートの手元のカップに注がれた薄黄色の液体を見つめた。

「兄上の、そのカップに入っているのは何？　甘くていい香りがするね」

鼻をひくひくとさせたフィルに、オーレリアが頷く。

「これは、庭に生えているエルダーフラワーで作ったハーブティーなの。ギルバート様は最近よく飲んでいらっしゃるのだけれど、フィルも飲んでみる？」

「うん！」

　フィルの前にあるカップにもハーブティーを注いだオーレリアは、テーブルを囲む椅子に腰掛けた。

「このババロアも美味しそうだね」

「ふふ。そうだといいのだけれど」

　早速スプーンを手に取って、ブルーベリーのソースがかかったババロアを口に運んだフィルが、きらきらと目を輝かせる。

「美味しい……！」

　彼の横で、ギルバートも口元を綻ばせていた。

「とても美味しいよ。それに、このハーブティーも、爽やかな香りが気に入っているんだ」

　カップを傾けたフィルも、兄の言葉に頷く。

「本当だ。ほんのり甘くて爽やかで、飲みやすいね」

　オーレリアはにこにこと目の前の二人を見つめた。

「それはよかったです」

　ギルバートとフィルの楽しげな様子に、オーレリアも心の温まる思いだった。

（フィルも、今まで辛《つら》い思いを一人で抱えていたのでしょうね。こんなに明るい笑顔が見られて、嬉しいわ。ギルバート様も、最近ますます順調に回復なさっているし、本当によかったわ）

　フィルは、スプーンを口に運んでいた手を止めると、オーレリアをじっと見つめた。

「……兄上の気持ちが、僕にもよくわかるな。あなたといると、心を照らすような光が、僕にまで見えるような気がするよ」

「えっ？」

光が見えるとは何かの例えなのだろうかと、不思議そうに目を瞬《まばた》いたオーレリアに向かって、フィルが笑い掛ける。

「ねえ、オーレリア。僕たち三人は、きっと皆同じだよ。種類は違うけれど、それぞれ他の人とは違う、特別なものを持っている」

「特別なもの……？」

（フィルとギルバート様は、二人とも優れた才能に恵まれているけれど、私は違うわ。どういう意味なのかしら）

首を傾《かし》げたオーレリアに、ギルバートが優しく微笑んだ。

「オーレリア。君にはまだ自覚がないようだが、君の力は他に類を見ないものだと思う。心の美しい君だからこそ、授けられた才能なのだろうな」

「私の力、ですか。私には、特に人と比べて褒められるような能力はないような気がしますが……」

戸惑うオーレリアを前にして、ギルバートとフィルは顔を見合わせた。

「謙虚な君らしいな。いずれわかってくると思うよ」

「僕もそう思う。とにかく、僕たちがオーレリアに凄《すご》く感謝しているっていうことだけは覚えておいてね？」

「……はい、ありがとうございます」

二人の言葉が意味するところは、まだオーレリアには呑《の》み込《こ》めてはいない。けれど、それまで心《こころ》許《もと》なく思っていた自分の存在が、エリーゼル侯爵家では歓迎されているということは確かに感じられた。ダイニングルームの大きな窓から差し込む温かな午後の陽射《ひざ》しの中で、オーレリアは胸の中までじんわりと温まるような思いだった。

ギルバートが、窓の外に視線を移す。

「今日もいい天気だな。ここからは、庭の様子がよく見えるね」

オーレリアは、目を細めた彼に笑い掛けた。

「鮮やかな花々が綺麗ですよね。もしお疲れでなかったら、後で庭に出てみましょうか？」

「ああ、久し振りに庭に出てみたいな。だが、君の負担にならないだろうか」

「ふふ。車椅子を押すくらいの力はありますから、そんなことはまったくお気になさらないでください」

フィルが二人を見てにっこりと笑う。

「今日は兄上の車椅子を僕に押させて！　ねえ、いいでしょう？」

「じゃあお願いするよ、フィル。ありがとう」

ギルバートの身体に、目に見える回復を改めて感じて、オーレリアは感慨深げに微笑んだ。

燦々《さんさん》と陽射しが降り注ぐ庭に、車椅子に乗ったギルバートとそれを押すフィル、二人の隣に並んだオーレリアが下り立つ。

それまで長い時間をずっとベッドの上で過ごしていたギルバートは、青空を見上げると眩《まぶ》しそうに目の前に手を翳《かざ》した。

「屋敷の外がこれほど明るかったなんて、すっかり忘れていたよ。オーレリアが言っていた通り、庭に咲く花もとても綺麗だね」

時折吹く風にはまだ涼しさが感じられるものの、初夏の庭では、木々の緑や花壇に咲く花々が、強くなり始めた陽光を鮮やかに浴びていた。

庭の中央には、赤とピンクの薔薇《ばら》が咲き乱れ、その周りをひらひらと黄色い蝶《ちょう》が舞っている。花壇には涼やかな青色のネモフィラと、明るい橙《だいだいいろ》色のマリーゴールドが爽やかなコントラストを描き、艶《あで》やかな薄紅色の芍薬《しゃくやく》が、その脇で風に揺れていた。スノーボールのような白い紫陽花《あじさい》も、庭を囲むように咲き誇っており、さらにその奥では、背の高い木々が、新緑の眩しい枝をさわさわと風に靡《なび》かせていた。

生き生きとした生命力を感じる植物に囲まれて、オーレリアがギルバートに向かって微笑む。

「ギルバート様と一緒にこの庭に出ることができて、嬉しいです。こうして三人で散歩をするのも気持ちがいいですね」

フィルを振り向いたオーレリアに、彼は大きく頷いた。

「うん！　……こうして改めて見回してみると、色とりどりの花が植えられているね」

「そうね。フィルが学校に出掛けている間、庭師がいつも綺麗に整えてくれているの。ギルバート様が庭を久し振りに楽しんでくださったと知ったなら、きっと喜ぶことでしょう」

ギルバートは、甘く漂う花の香りを胸いっぱいに吸い込んだ。

「こうして外の空気を吸うのもいいものだな。何だか生き返るようだ」

オーレリアはフィルと視線を交わすとにっこりと笑った。

「そうですね。きっと、よい気分転換になるのではないかと思います」

「ああ、その通りだな」

フィルがゆっくりと車椅子を押している間、ギルバートは、広々とした庭をじっくりと眺めていた。

「目に映る景色が、身体を悪くする前とはまた違って見えるようだ。以前は、日々の忙しさにかまけて、落ち着いて庭に目を向けることはあまりなかった。花々がこんなに鮮やかな色をしていたことも、今まで気付かずにいたよ」

呟《つぶや》くようにそう言ったギルバートに、オーレリアが頷く。

「ギルバート様の仰《おっしゃ》ることは、何となくわかるような気がします」

彼はオーレリアを見上げて微笑んだ。

「だが、ここに咲いている花よりも、何より、君が俺の世界に彩りを与えてくれたんだ。ありがとう、オーレリア」

オーレリアは、ギルバートの言葉にふわりと頬を染める。

「いえ。こちらこそ、ギルバート様のお側で過ごすことができて、毎日がすっかり明るくなったように感じています」

フィルもにこにことしながら、二人の会話に耳を傾けていた。

ギルバートの車椅子を押しながら、三人がほとんど庭を一周した時、ギルバートがオーレリアに尋ねた。

「この屋敷の庭のことを、俺が君に聞くのもおかしな話だが。君がよくハーブティーにしてくれるエルダーフラワーは、どの辺りに生えているんだい？」

「はい。エルダーフラワーの木は、この庭の中でも、外門《そともん》に程近い、端の方にあるのですが……」

オーレリアの指差した方向に、フィルがギルバートの車椅子を押して行く。

「こちらの木です。あの白い花が見えますか？」

広がる枝のそこここに、白く小さな花がふわふわと集まって空を向いているのを見て、ギルバートは微笑んだ。

「あれがエルダーフラワーの木か。ああ、咲いている花もよく見えるよ」

屋敷の二階まで届きそうな高さの木を、三人は見上げた。

ふわりと甘い花の香りが、彼らの鼻をくすぐる。

「可愛い見た目だけじゃなくて、お茶にもなるなんて、優秀な花なんだね」

感心したようにフィルが言うと、オーレリアはにこやかに言った。

「そうね。それに、前にギルバート様には召し上がっていただいたのだけれど、あの白い花からはシロップも作れるのよ。鍋で沸騰させた湯に砂糖を溶かして、花と一緒にレモンを加えて一日ほど漬けて作ったシロップは、水や炭酸水で割ってもさっぱりと飲めるの。暑い時期には、お茶よりも飲みやすいかもしれないから、よかったら、今度お二人に作るわ」

フィルは、振り向いたギルバートと一緒に、嬉しそうに頷いた。

「わあ、ありがとう！」

「この前飲んだ、シロップをお湯で割ったものもよかったが、冷たい飲み方も美味しそうだね。俺も楽しみにしているよ」

笑顔の三人の間には、和やかな時間が流れていた。

第二節　望まぬ客人

和気《わき》藹々《あいあい》としたオーレリア、ギルバートとフィルの様子を、外門の合間から眺めている人影があった。探るような視線を彼らに向けていたのは、トラヴィスだった。人目を惹《ひ》く鮮やかな赤髪をした彼は、オーレリアをじっと見つめてから、その隣に並んだ車椅子のギルバートに視線を移した。

（ギルバート様は、臥《ふ》せっているらしいという噂《うわさ》のほかには、何も情報はなかったが。……車椅子に乗っているくらいなのだから、身体を悪くしているというのは本当のようだな。まあ、オーレリアが看取《みと》りに呼ばれたというくらいだからな）

トラヴィスが薄く口角を上げる。

（身体の悪い男を介護するために嫁がされるとは。いくら嫁ぎ先が侯爵家とはいえ、オーレリアも不運だったな）

ギルバートの身体が着々と回復していることを知らないトラヴィスは、車椅子の彼を見つめて不遜な笑みを浮かべた。

（身体が不自由で先が短い夫の元にいるより、オーレリアだって、俺の隣で治癒師としての役割を果たすことを望むに違いない。……侯爵家相手に離縁はしづらいかもしれないが、それでも俺が迎えに来たなら、彼女はきっと喜んで応えてくれるはずだ）

王宮の中庭でトラヴィスの前からオーレリアが去った時、青ざめた彼女が瞳に涙を浮かべていたことを、彼は思い出していた。

（……やはり、長年培ってきたパートナー関係から目を背けて、彼女を手放してしまったことは早計だったな）

トロールとの戦いの後も、もう少し時間が経って慣れてくれれば、ブリジットと組んでも再び強力な魔剣を振るえるようになるのではないかと、トラヴィスは期待を捨て切れずにいた。しかし、その後の魔物討伐の結果は散々だった。

ここ最近の屈辱の日々を思い起こして、彼は唇を噛《か》む。

（まさか、俺の身にこんなことが起きるなんて）

ヘルハウンドやトロールとの戦いの時は、今から思えばまだ良《い》い方だったと、そうトラヴィスは肩を落としていた。オーレリアがトラヴィスの側を離れてから、時間が経てば経つほど身体が重くなっていくように感じられる。ヘルハウンドと戦った時に振るった魔剣の勢いや、トロールとの戦いの際に軽やかに走り、高く跳躍できたことまでもが嘘《うそ》だったかのように、このところのトラヴィスは、目立つ活躍どころか、人並みの成果がやっとだった。

日を追うごとに、身体の内側から力が少しずつ零れ出し、失われていくような感覚を覚えながら、まるでそれまでと同じ身体ではなくなっていくようで、トラヴィスは背筋の冷えるような恐怖を覚えていた。

（くそっ。オーレリアと別れてから、まだたいして時間が経った訳でもないのに）

王国軍の隊員たちに対する、調子が悪いというごまかしも、だんだんきかないところにまで来ているようだと、彼自身も自覚している。

はじめのうちこそ、自分が十分に支えられていないせいだろうかと、多少なりとも反省した様子を見せていたブリジットも、冴《さ》えない魔物討伐続きのトラヴィスに、少しずつ戸惑うような視線を向けるようになっていた。

これまで、従順なオーレリアに対して、支配的な自分の立場を崩すことに二の足を踏んでいたトラヴィスだったけれど、今となってはなりふり構ってはいられなかった。

（よくはわからないが、オーレリアには何かがある。それが俺と彼女との相性なのか、それ以外の何かなのかはわからないが、とにかく俺には彼女が必要だ）

トラヴィスが再び、ギルバートたちと談笑しているオーレリアを見つめる。そして、ポケットの中で、以前ブリジットを通して返された婚約指輪が入っている箱を握り締めた。

（またオーレリアにこれを受け取ってもらわなくては。だが……）

彼女がかつて見たこともないほど明るい顔で笑っているように見えたことが、トラヴィスには面白くなかった。

（まあいい。オーレリアは優しいからな。きっと、これから看取る相手に気を遣っているだけだろう）

気を取り直したトラヴィスは、大きな外門の脇から近付いて来た門番に向き直ると、屋敷の者への取り次ぎを依頼した。

＊＊＊

明るい午後の庭をゆっくりと巡っていた三人が、ちょうど屋敷に戻ろうとしていた時、アルフレッドが玄関口から急ぎ足でやって来た。

彼は一礼すると、オーレリアに向かって口を開いた。

「オーレリア様に、お客様がお見えです」

「私に、お客様が……？」

（いったい誰が？　どのような御用なのかしら）

アルフレッドがどことなく浮かない顔をしているのを見て、オーレリアは内心で首を捻《ひね》っていた。

「それが……」

言《い》い淀《よど》むアルフレッドを見つめて、フィルが険しい表情で口を開く。

「ねえ、アルフレッドがそんな顔をするような客人を、オーレリアに会わせる必要はないんじゃない。帰ってもらったら？」

ギルバートの後ろにいたフィルの、普段は滅多に見せないような厳しい顔に驚きながら、オーレリアはアルフレッドに尋ねた。

「……あの、どなたがお見えになったのでしょうか？」

「ギュリーズ伯爵家のトラヴィス様です」

訪問者の名前を聞いて、オーレリアの表情がたちまち硬くなる。アルフレッドは慎重に言葉を続けた。

「何でも、オーレリア様に謝罪がしたいとのお話でした。今からでもお帰りいただくことは可能かと思いますが、いかがいたしましょうか？」

フィルはもちろんのこと、ギルバートもアルフレッドも、トラヴィスがオーレリアの元婚約者であることは知っている。

ギルバートは顔を曇らせてオーレリアを見つめた。

「無理に会う必要はないと思うが、オーレリア、君はどうしたい？」

「そうですね……」

しばらく口を噤《つぐ》んでから、オーレリアは顔を上げてギルバートを見つめ返した。

「最後に一度だけ、お話ししてこようと思います。わざわざ私に会いにお越しくださったとのことですし、簡単にご挨拶だけしてまいります」

フィルと顔を見合わせたギルバートが、再びオーレリアに向かって口を開く。

「なら、俺も同席するよ。今更君の元にやって来るなんて、本当に謝罪目的なのかもわからないし、君のことが心配だからね」

オーレリアは微笑むと、首を横に振った。

「ご心配いただくには及びませんわ。このエリーゼル侯爵家で、彼が何か眉を顰《ひそ》めるようなことをするとも思えませんし、早々にお帰りいただくつもりですから」

なぜ今になってわざわざ謝罪に来たのだろうと、オーレリアにもトラヴィスの行動が理解できずにいたし、久し振りに彼と顔を合わせることに困惑してもいた。気が進まないというのが正直なところではある。

（謝罪の言葉なんて、これまでトラヴィス様から聞いたことはなかったけれど、いったい何があったのかしら）

ただ、自分がトラヴィスの側で長い年月を過ごしてきたことは確かだった。そして、彼と別れる際にしっかりと話をした訳ではなかったことから、彼が会いに来たというのなら、最後に二人で話すことで、自分自身できっぱりとけじめをつけたいと、そうオーレリアは考えていた。

気遣わしげにオーレリアを見守っていたフィルが、彼女の心の声を聞いて、苦虫を嚙み潰したような顔で口を開く。

「僕だって、オーレリアを彼と二人きりにしたくはないけど……オーレリアがそう言うなら、仕方ないか」

それまでトラヴィスのせいで自信を失《な》くしていたオーレリアが、ギルバートに愛されるうち、次第に前向きに変化していることを感じていたフィルは、自分の手で元婚約者との関係を完全に終わらせたいという彼女の気持ちを、できれば尊重したいと思っていた。

「でも、もしも何かあったら、すぐに僕たちを呼んでね？　必ず近くで待っているから。アルフレッドも、念のために応接間のドアの外で控えていてもらえる？」

「畏《かしこ》まりました、フィル様」

ギルバートも眉を寄せると頷いた。

「よろしく頼む、アルフレッド。オーレリア、フィルも言っていたように、何かあればすぐに俺たちを呼んでくれ」

オーレリアは三人に向かって微笑んだ。

「お気遣いくださって、ありがとうございます。すぐに話を済ませて戻ってまいります」

アルフレッドに案内をされて屋敷の中に入っていくオーレリアの後ろ姿を追うようにして、フィルは急ぎ足でギルバートの車椅子を押して行った。

＊＊＊

硬い表情で応接間のドアを開けたオーレリアを見て、椅子に座っていたトラヴィスは笑みを浮かべて立ち上がった。

「オーレリア、久し振りだな。元気そうだね」

特に悪びれた様子もないトラヴィスに、オーレリアが緊張気味に口を開く。

「お久し振りでございます、トラヴィス様。……本日は、どのような御用件でしょうか」

（私に謝罪をするという雰囲気でもないけれど、どのようなおつもりでここにいらしたのかしら）

明らかに警戒心を滲ませているオーレリアに向かって、トラヴィスは再び微笑んだ。

「そんな言い方はしないでくれよ、オーレリア。俺と君との仲じゃないか。……君に謝罪に来たと告げていたのだが、聞いてはいないかな？」

トラヴィスは、無事にオーレリアに会えたことに、まずは胸を撫《な》で下《お》ろしていた。

（門前払いされる可能性も想定してはいたが、謝罪を口実にすれば、少なくともオーレリアには取り次いでもらえると思ったのは、正解だったようだな。優しい彼女なら、ここまで訪ねて来た俺を、無下に追い返すはずがないからな）

オーレリアは表情を変えぬまま、彼とテーブルを挟んで椅子に腰を下ろした。

「トラヴィス様も、どうぞお掛けください」

「ああ」

椅子に腰掛けたトラヴィスに向かって、彼女が続ける。

「貴方《あなた》様と私は既に婚約を解消しておりますし、もう私たちの関係は切れております。……謝罪とのことですが、手短にお願いできますでしょうか」

「……つれないな、君は」

（くそっ。いくらあんな別れ方をしたとはいえ、俺の顔を見さえすれば、オーレリアはきっと喜んでくれると思っていたのに）

今もきっと自分を忘れられずにいるはずだという予想に反して、笑顔の一つも見せない元婚約者の姿に、トラヴィスは苦々しい思いを噛み殺すと、気を取り直して目の前にいるオーレリアを見つめた。

「君は今まで、ずっと俺の側で治癒師として支え続けてくれていたのに、あのように君を傷付けてしまって、すまなかった」

トラヴィスが改まった様子でオーレリアに頭を下げる。オーレリアは、トラヴィスから初めての謝罪を受けて、驚きと戸惑いに目を伏せた。

トラヴィスは顔を上げると、オーレリアに向かって続けた。

「しばらく君のいない時間を過ごしてきたが、君がいかに俺にとって大切な存在だったかに、改めて気付いたんだ。……俺に必要なのは、オーレリアだ。君こそが、俺にとって欠くことのできないパートナーなんだ」

トラヴィスは、オーレリアの左手薬指に輝く金の指輪に気付きながらも、ポケットの中から小さな箱を取り出すと、その蓋を開けて彼女の前に差し出した。

「もう一度、君にこれを受け取って欲しい」

「これは……」

「頼むよ。俺には、君しかいないんだ」

妹に渡したはずの婚約指輪を前にして、思い掛けない彼の言動に、オーレリアは隠し切れず眉を顰める。

「どうして、そのようなことを？　私はもうギルバート様に嫁いでおります。それに、貴方様はブリジットと婚約なさって、あの子を治癒師のパートナーとしているのでしょう？」

「ブリジットと組んでも、君が側にいてくれた時のようには魔剣が振るえないんだ。君を失って初めて、君の支えがかけがえのないものだったとわかったよ」

「何を仰っているのです。トラヴィス様がブリジットを選んでから、まだそれほど時間が経ってはいませんわ。妹の方が私よりも魔力はずっと強いのですから、徐々に彼女との絆《きずな》を深めていけば、トラヴィス様もいずれ、今まで以上のお力を発揮できるものと思います」

トラヴィスは顔を歪《ゆが》めると、小さく息を吐いた。

「君には正直に話すよ。ブリジットとの仲は、もうぎくしゃくし始めている。彼女との婚約を解消するのも、恐らくは時間の問題だろう」

以前は、憧れと尊敬を込めた熱っぽい視線をトラヴィスに向けていたブリジットだったけれど、最近は彼女の瞳に困惑と落胆の色、そして苛立《いらだ》ちが感じられることに、彼は焦っていた。

無言のままのオーレリアに向かって、トラヴィスは縋《すが》るように続ける。

「オーレリア、俺は、ブリジットとはどうにも嚙み合わないんだよ。……実は、そう遠くないうちに、それなりに大きな規模の魔物討伐が予定されているんだ。次回のその魔物討伐の時だけでも構わないから、どうか、ブリジットの代わりに俺の隣にいてはもらえないか？」

身勝手な彼の言葉に、オーレリアは顔を引《ひ》き攣《つ》らせた。

「都合のよいことを仰らないでください。それに、私の魔力が弱いことは、トラヴィス様だって幾度も指摘なさって、渋い顔をしていらしたではないですか」

彼女はトラヴィスに向かってきっぱりと言った。

「貴方様が今なさるべきことは、ブリジットとしっかり向き合って話すことだと思います。あの子だって、あれほど貴方様をお慕いしている様子だったのですから、貴方様をどうにかしてお支えしようと考えているはずです。余程のことがない限り、貴方様を見捨てるような真似《まね》はしないことでしょう。……お話は、これですべてでしょうか」

言葉を切って椅子から立ち上がろうとしているオーレリアを見て、トラヴィスは慌てて席を立つと、咄嗟《とっさ》に彼女の手首を摑《つか》んだ。

「待ってくれ、オーレリア。頼むよ……！」

彼に急に手首を摑まれて、オーレリアの背筋が粟立《あわだ》つ。

（……ギルバート様以外の方からこんな風に触れられるのは、嫌だわ）

かつては愛していたはずのトラヴィスだったけれど、その時、オーレリアは改めて、自分の気持ちが完全に彼から離れていることを感じていた。

トラヴィスが必死の形相で続ける。

「お願いだ、オーレリア。あと一度でいい。いつも君が俺に掛けてくれていた、あの魔法をここで掛けてはくれないか」

「……えっ？」

怪訝《けげん》な表情を浮かべたオーレリアに、トラヴィスは畳み掛けた。

「次の魔物討伐のための、願掛けというか……お守り代わりにお願いしたいんだ。いくらブリジットが側で魔法を唱えてくれても、このところ、どうにも身体が重くて調子が上がらない。これからやってくる魔物討伐が、今は不安で堪らないんだ」

彼の弱音を聞いて、オーレリアの瞳が揺れる。

（こんなことをトラヴィス様の口からお聞きしたことは、今までなかったわ）

魔物討伐を前にしても、まだオーレリアと出会って間もない頃を除いては、彼はいつでも自信たっぷりだった。けれど、目の前の余裕のないトラヴィスの表情からは、彼が本当に追い込まれ、切羽詰まっていることが感じられる。

（でも……）

しばらく口を噤んでいたオーレリアだったけれど、顔を上げて、はっきりと首を横に振ると、彼に摑まれていた手首を振《ふ》り解《ほど》いた。

彼女は真っ直ぐにトラヴィスを見つめた。

「私がもし、今ここでトラヴィス様に魔法を掛けたとしても、何も根本的な解決にはならないと思うのです。それに、私の魔力は、すべて夫のギルバート様を支えるために使いたいと思っています。……先程も申し上げましたが、貴方様が話すべき相手はブリジットです。私ではなくブリジットを選んだのは、ほかでもない貴方様なのですから」

「……」

トラヴィスは黙ったまま、血の気のない顔で俯《うつむ》いている。

オーレリアは、言葉を選びながら続けた。

「貴方様が優れた戦果を挙げていらしたことは、誰よりお側で見てまいりました。まだブリジットとはこれからというところでしょうから、少し調子が出なかったからといって、早々に見切りをつけるようなことはなさらないでください。彼女と組むことに慣れていけば、今後ますますご活躍なさることと思います」

オーレリアが静かに彼に向かって頭を下げる。

「わざわざ謝罪にお越しくださって、ありがとうございました。その箱を納めて、どうぞお引き取りください」

トラヴィスは、婚約指輪の入った箱を悔しげにポケットに戻しながら、目の前のオーレリアを睨《にら》み付《つ》けていた。

(下手《したて》に出た俺に向かって、ここまで抵抗してくるとはな……)

頭を上げて、そのまま彼に背を向けたオーレリアに対して、トラヴィスが苛立ったように口を開く。

「これだけ頼んでいるのに、君は俺に魔法さえ掛けてはくれないのか。……君の力をここで眠らせておくのは惜しいと、この俺がそう言っているんだがな」

がらりと変わったトラヴィスのぞんざいな口調に、オーレリアは驚いて振り返った。

「君は、病人の世話などをするよりも、俺の隣にいる方が遥《はる》かに相応《ふさわ》しいよ。俺も謝ったんだ、過去のことは水に流して欲しい。俺といれば、君の将来の輝かしい立場だって約束されたも同然なのだから」

「……貴方様が何を仰っているのか、さっぱりわからないのですが」

話が噛み合わない薄気味の悪さを感じながら、彼女はトラヴィスを見つめた。

「だから、いくら侯爵家の長男とは言っても、死に損ないの夫を看取るために君がここにいるなんて、君の時間と労力の無駄だと言っているんだ。君だって、彼とは離縁して、将来のある俺の側に来た方が余程……」

「いい加減になさってください！」

怒りに満ちたオーレリアの声を初めて聞いて、トラヴィスが思わず一歩後退《あとずさ》る。

彼女はその赤紫色の瞳にも、燃えるような怒りを浮かべていた。

「私は、ギルバート様のことを心から愛しています。私の胸にいるのは、ギルバート様ただお一人だけですし、彼のお身体は必ず回復なさいますわ。……私は、ギルバート様以外の方の側に行くことなんて、微塵《みじん》も考えてはおりません」

これまでの大人しく従順だったオーレリアには、彼が強く出さえすれば何も問題はなかった。そんな彼女の、予想もしていなかった激しい剣幕に、トラヴィスは狼狽《うろた》えて目を泳がせていた。

オーレリアが毅然《きぜん》とした態度で続ける。

「どうぞお帰りください。もう二度と、このエリーゼル侯爵家の敷居《しきい》をまたがないでください」

悔しげに舌打ちをしたトラヴィスは、彼女に背を向けると応接間のドアを開けた。

ドアのすぐ外には、厳しい表情をしたアルフレッドが控えていたほか、その後ろには、トラヴィスに対する憎悪を隠そうともせずに拳を握り締めているフィルと、冷ややかな瞳をしたギルバートが、彼を眺めている姿があった。

「……盗み聞きとは、趣味がいいですね」

ばつが悪そうにしながらも、トラヴィスは捨《す》て台詞《ぜりふ》を吐くと、そそくさとアルフレッドについて玄関口に向かった。

フィルは急いでギルバートを乗せた車椅子を押すと、半開きになっていたドアを大きく開けて応接間に飛び込んだ。

「オーレリア！」

青ざめた顔をしていた彼女に、フィルが駆け寄る。

「大丈夫？　……顔色が悪いよ」

オーレリアは、精神的にはどっと疲れを感じていたけれど、それを押し隠して微笑んだ。

「いいえ、私は大丈夫よ」

フィルは怒りに顔を真っ赤にしていた。

「あいつ、最低な奴《やつ》だね。オーレリアの優しさにつけこむように、勝手なことを抜け抜けと……。許せないよ。あんな奴、はじめから追い返しておけばよかった」

ぎゅっと拳を握り締めたフィルの横で、ギルバートも心配そうに車椅子から彼女を見上げる。

「すまない、オーレリア。君を一人で彼と会わせるべきではなかった」

ギルバートに手を握られて、オーレリアはようやく、自分が微《かす》かに震えていたことに気が付いた。ギルバートはそのまま彼女を引き寄せて優しく抱き締めた。

「怖かっただろう」

オーレリアがギルバートの背中にぎゅっと両腕を回す。

「はい、少しだけ。……でも、自分の言葉で、初めて言いたいことを彼に伝えられたことは、よかったと思っています」

ギルバートは彼女を抱き締める腕に力を込めると、温かく微笑んだ。

「どこか様子がおかしいことに途中で気付いて、フィルとこの部屋に入ろうかとも思ったのだが、その時、君の勇敢な声が漏れ聞こえてきたんだ。……こんな時に不謹慎かもしれないが、ああして君の気持ちを俺の耳で聞けたことは、本当に嬉しかった」

（……！　さっきの私の言葉を、ギルバート様が聞いていらしたなんて……）

かあっと赤く頬を染めたオーレリアの瞳を、ギルバートが覗き込む。

「君は、優しく美しいだけでなく、強くて素晴らしい女性だね。俺も、君だけを心から愛しているよ、オーレリア」

そっとギルバートから頬に口付けられて、オーレリアの顔にはますます熱が集まっていた。

＊＊＊

トラヴィスは、憮然《ぶぜん》とした表情でエリーゼル侯爵家の外門を潜った。

（くそっ。どうにかして、オーレリアを取り戻したいと思っていたのに……）

彼は唇を噛むと、腹立ち紛れに、地面に落ちている小石を蹴り飛ばした。

（気が進まないが、ブリジットの機嫌を取るしかなさそうだな）

オーレリアを取り戻せなかったことは、彼にとってこの上ない痛手であり、さらにブリジットまで失うと、彼は専属の治癒師を失うことになる。ブリジットほどの魔力を持つ治癒師がすぐに見付からないことは、彼も理解していた。最悪の事態は避けたいと、彼はそう考えながら溜息《ためいき》を吐いた。

その時、トラヴィスは、エリーゼル侯爵家の外門の近くで佇《たたず》む、一人の年若い女性の姿に気付いて目を瞬いた。

トラヴィスが先刻、エリーゼル侯爵家に入る前にしていたのと同じように、門番の目を盗んで、外門の合間から中の様子を窺《うかが》っているように感じられて、彼はついその女性を見つめた。

（……かなりの美人だな）

ショールを被《かぶ》り、化粧も控え目ではあったけれど、彼女の整った目鼻立ちにトラヴィスが思わず見惚《みと》れる。

トラヴィスの視線に気付くと、彼女は急いでその場を立ち去っていった。

（どこかで、会ったことがあっただろうか……？）

どことなく見覚えのある顔だったような気がして、トラヴィスは彼女の後ろ姿を見つめながら首を捻った。

第三節　穏やかなひととき

オーレリアの元婚約者であるトラヴィスによる突然の訪問以降は、エリーゼル侯爵家には平穏な日々が戻ってきていた。

日に日に強さを増していく陽射しが窓越しに照り付けるのを感じながら、オーレリアはギルバートの部屋で、ベッドの縁に腰掛けた彼の膝をゆっくりと持ち上げ、曲げたり伸ばしたりしていた。

「足に痛みはありませんか、ギルバート様？」

「ああ、大丈夫だ。それに、足にも感覚が戻って、力が入るようになってきたように感じるし、関節の可動域も広がってきたような気がするよ。……少し、試してみたいことがあるのだが」

そう言うと、ギルバートは片足ずつ試すように持ち上げてから、ベッドの縁に手をついて腰を浮かせた。

「……！」

立ち上がりかけてよろめいた彼を、オーレリアが慌てて支える。彼女はそのままギルバートに肩を貸しながら、嬉しそうに瞳を輝かせた。

「ギルバート様！　ご自分の足で立てましたね……！」

まだ完全には力が入らないようで、バランスを取るのにも苦心している様子が見受けられたものの、どうにか立ち上がったギルバートも明るい顔をしていた。

「ありがとう、オーレリア。そのうちに自分の足で歩けるようになるのではないかと、そんな期待も膨らんでくるよ」

「ふふ。近いうちに、きっとそうなりますわ。ギルバート様のお身体の回復には、目覚ましいものがありますから」

オーレリアがにっこりと笑う。

（最近、ギルバート様のお身体は、加速度的に良くなっていらっしゃるもの）

それは、オーレリアがギルバートに魔法を掛ける時に覚える感覚とも、どこか比例しているように思われた。その手応えは、どんどんと確かなものになってきている。

オーレリアは、ギルバートと過ごしながら、できる限り彼の身体の使い方を把握しようと努めていた。魔物との戦闘時のように劇的な動きをする場合とは異なり、生活に必要なささやかな身体の動かし方ではあったけれど、利き腕の使い方や身体の捻り方といった小さなことでも、観察すればするほど、感覚的に彼の身体のことがわかるような気がしていた。ずっと以前に一度だけ見た、人並み外れた威力の魔剣を振るう彼の様子も併せて思い起こしながら、オーレリアはできる限り意識を彼の身体に向けるようにしている。

ギルバートに肩を貸したまま、オーレリアは彼に尋ねた。

「……このまま、少し歩いてみますか？」

彼は微笑んで頷いた。

「ああ。しばらく君の肩を借りていても？」

「ええ、もちろんです」

ギルバートは慎重に、一歩一歩ゆっくりと足を進めていく。

まだ覚束《おぼつか》ない足取りではあったけれど、オーレリアの肩にそれほど体重を掛けることもなく、上手《うま》く平衡感覚を摑んできているように彼女には感じられた。

（きっと、身体の使い方のセンスが元々良くていらっしゃるからだわ。後は、身体を支える足の筋力が回復して、関節がもう少しスムーズに動けば……）

彼の両足の動きを見ながら、オーレリアは思わず魔法を唱えていた。オーレリアから放たれた、淡く白い光が彼の身体を包み込む。特に両足の部分が強く発光しているのを見て、ギルバートは目を瞬いた。

「これは……」

次に踏み出した彼の一歩が力強く床を踏んだのを見て、オーレリアは胸が弾むのを感じた。その次の一歩も、またしっかりと床を捉えている。

ギルバート自身も驚いた様子で、そのまま流れるように歩を進めていった。部屋を一周してベッドの前までくると、彼はオーレリアの肩を借りたまま、二人でベッドにぼふりと倒れ込んだ。

ふかふかとしたベッドに身体が沈むのを感じながら、オーレリアはギルバートに向かって輝くような笑みを浮かべた。

「素晴らしいですね、ギルバート様……！」

ギルバートは感動を隠し切れずにオーレリアを見つめた。見つめ合った二人は、ベッドの上でくすくすと一緒になって笑い出す。

「……信じられないな。君の魔法は俺の身体に、いとも簡単に奇跡を起こしてくれるね。何が起きているのか、まだ自分でもよくはわからないが、またこんな風に歩けるようになるなんて……」

「それは、ギルバート様が、ご自身の身体の扱い方がお上手だからだと思います。きっと、他の方なら、歩けるようになるまでにもっと時間がかかったことでしょう」

「いや。君は凄いよ、オーレリア。君の才能は、天才という言葉でも表し切れないな」

ギルバートはオーレリアの身体を優しく抱き寄せた。

（……！）

柔らかなベッドの上に横たわったまま、ギルバートの温かな腕に包まれて、オーレリアの胸はどきどきと高鳴っていた。

サファイアのような碧眼に、女神でも仰ぎ見るかのような光を浮かべてオーレリアを見つめるギルバートに、彼女の頬には熱が集まる。

オーレリアはどぎまぎしながら口を開いた。

「あ、あの、ギルバート様。きっとお疲れのことでしょう。エルダーフラワーのシロップも作ってありますし、炭酸で割った冷たいお飲み物でもお持ちしますので……」

身体を起こそうとしたオーレリアを、ギルバートが引き留めるように抱き締める。

「いや、飲み物よりも、もう少し君とここでこうしていたいな。……君は嫌かい？」

ますます顔を赤くしながら、オーレリアがぶんぶんと首を横に振った。

「いえ！　そんなことは……」

どこか楽しそうな笑みを浮かべたギルバートは、自分の額をこつりとオーレリアの額に合わせた。

「ありがとう、オーレリア。あまりに君が可愛いから、放してしまうのが惜しくて」

目を瞠るような美貌が間近に迫り、オーレリアはくらくらと目が回りそうだった。

愛しげにオーレリアを見つめたギルバートが、その唇を彼女の唇に重ねる。

（……！）

幾度か短いキスが繰り返され、それから長く口付けられて、オーレリアは身体が蕩《とろ》けてしまいそうになっていた。

（ギルバート様って、こんなに甘い表情をする方だったかしら……⁉）

身体中から力が抜けていくのを感じながら、オーレリアは彼の腕に身を任せていた。


ギルバートの部屋に軽快なノックの音が響く。

「ただいま、兄う……えええっ⁉」

兄の部屋のドアを開けたフィルは、彼の目の前でベッドから下り、ゆっくりと立ち上がったギルバートを見て、目を丸くした。

「兄上、立つこともできるようになったんだね……」

ギルバートは微笑んで頷くと、静かにというように唇に人差し指を当て、ベッドの上に視線を移した。

ベッドの上では、身体を横たえたオーレリアがすうすうと穏やかな寝息を立てている。

そっとベッドの側まで近付いたフィルは、眠っているオーレリアを見つめると、小声でギルバートに囁《ささや》いた。

「よく眠ってるみたいだね」

「ああ」

頷いたギルバートは、彼女を起こさないよう、抑えた声で続けた。

「オーレリアはさっきも俺の足に魔法を掛けてくれたし、このエリーゼル侯爵家に来てからというもの、ずっと甲斐甲斐《かいがい》しく力を尽くしてくれていたから、きっと疲れが出たのだろう。彼女は、いつも自分のことは後回しにして、俺のことを優先してくれるのだが、せめて少しは休んで欲しいと思っているんだ」

「うん、僕も兄上と同感だよ」

微笑み合ったギルバートとフィルは、並んでオーレリアの無垢《むく》な寝顔を眺めていた。

「……何だか、こうして寝ているところは、少しだけ幼く見えるね」

くすっと小さく笑ったフィルに、ギルバートも笑みを返す。

「そうだな。穢《けが》れのない優しい天使が側で眠っているような、そんな気がしていたよ」

自分の腕の中で、いつの間にかうとうとと眠ってしまったオーレリアのことを、ギルバートは溢れるほどの愛しさを感じながら見つめていたのだった。

明るい陽射しが満ちる部屋の中、二人は温かな瞳で、安らかなオーレリアの寝顔を見守っていた。

＊＊＊

エリーゼル侯爵家の屋敷の庭を、ギルバートはオーレリアに寄り添われながらゆっくりと歩いていた。

ギルバートは、怪我《けが》を負ってから初めて自らの足で立ち上がって以来、毎日歩行の練習を繰り返している。

歩き始めて数日こそ、オーレリアの手を借りない時には杖《つえ》を使っていたけれど、今では、無理に歩く速度を上げなければ、もう杖を使う必要もなくなっていた。

オーレリアはギルバートににっこりと笑い掛けた。

「歩ける距離も、日を追うごとにどんどん延びていらっしゃいますね」

「ああ、ありがとう。こうして、歩きながら庭の花々を楽しむ余裕も出てきたよ」

何かあったらいつでも彼の身体を支えられるようにと、すぐ隣に付き添っているオーレリアに向かって、ギルバートが笑みを返す。

「これもすべて、俺を一番近くで支えてくれる君のお蔭だよ。それに、君の魔法は素晴らしい効き目だね」

オーレリアは毎日、ギルバートの身体を観察しながら、彼に足りない力を内側から補うようなイメージで魔法を掛けている。彼女は、ギルバートの言葉にはにかみながら頬を染めた。

「そう言っていただけると嬉しいです。けれど、これほど順調に回復なさっているのは、ギルバート様が日々頑張っていらっしゃる努力の賜物《たまもの》ですよ」

ギルバートを見上げて微笑んだオーレリアを、彼は軽く抱き寄せた。

「君が隣にいてくれると、頑張ろうという前向きな気持ちが湧いてくるんだ。君となら、不思議と疲れを感じないよ」

「ふふ、ありがとうございます。でも、くれぐれも無理はなさらないでくださいね」

「ああ。……正直なところ、もう、この庭だけでは少し物足りないくらいに感じているよ」

その時、ギルバートとオーレリアの耳に、馬車が近付いて来る音が届いた。馬車は外門前の石畳の道でごとごとと止まると、中からフィルが勢い良く飛び降りてきた。

「ただいま、兄上、オーレリア」

二人は、元気に駆けて来るフィルに向かって笑い掛けた。

「お帰り、フィル」

「フィル、お帰りなさい」

彼はにこにことしながら目の前の二人を見つめた。

「兄上、今日も歩く練習をしていたんだね。もう、大分歩き慣れてきたみたいだね」

「そうだな。まだ歩く速度はゆっくりではあるが、そろそろ屋敷の外に出てみたいとも思っているよ」

「本当に⁉」

フィルがぱっと顔を輝かせる。オーレリアが来る以前は、ベッドから立ち上がれないほどに衰弱する前も、人を遠ざけるようにして屋敷から出なかった兄が、これほど前向きな気持ちになっていることが、彼にはとても嬉しかった。

「それならさ、すぐそこに流れている小川の脇の散歩道にでも行ってみない？　……昔は、あの辺りでよく遊んだよね」

ギルバートが遠い日を思い起こすように目を細める。

「懐かしいな。そうだな、久し振りにあの景色が見たいな」

「この近くには、川が流れているのですか？」

尋ねたオーレリアに向かって、二人は頷いた。

「ああ。オーレリアは、この屋敷に来てからずっと俺の側にいてくれて、近所にも出掛けてはいなかったから、知らないだろうね。外門を出て、緩やかな坂を少し下ったところに、水の綺麗な小川が流れていて、その脇には散歩にちょうどいい小道があるんだ」

フィルもギルバートの言葉に続ける。

「気持ちのいい場所だから、きっとオーレリアも気に入ると思うよ。僕は急いで制服を着替えてくるね」

「ええ。私は水筒に飲み物を準備しますね。では、一度室内に戻って、一息吐《ひといきつ》いてから出掛けましょうか」

「ああ、そうしよう」

三人は和やかな表情で、揃って屋敷の中へと戻っていった。

さらさらと流れる小川を横目で見てから、オーレリアは隣に並ぶギルバートとフィルを見つめて微笑んだ。

「本当に、気持ちのよい場所ですね」

「そうでしょう？」

フィルが両手を上げて伸びをしながらにっこりと笑う。オーレリアはフィルに向かって頷くと、ギルバートに視線を移した。

「ここなら、ギルバート様が歩く練習をするのにもぴったりですね。でも、少しでもお疲れになったなら仰ってくださいね？」

「ああ、ありがとう」

薄い雲の間から、太陽が覗いていた。川面《かわも》はきらきらと美しく陽光を弾いている。道の脇に立つ鮮やかな緑の木々の枝も、時折吹く爽やかな風に揺れていた。

「昔は、この辺りでよく遊んでいらしたのですか？」

「そうだね。当時は、フィルと虫を捕まえたり、この辺りを走り回ったりしていたな。暑い時期には、冷たい川の水によく足先を浸していたよ」

「懐かしいね、兄上。あの頃は、父上も母上もまだお元気だったよね……」

思い出話に花を咲かせながら、オーレリアとフィルはギルバートの歩調に合わせてゆっくりと歩いていた。

しばらく歩き、額に薄らと汗を浮かべたギルバートに、オーレリアがハンカチを差し出す。

「もう大分歩きましたね。少し休憩しましょうか？」

「ああ。フィルもそれでいいかい？」

「もちろん！　そこのベンチにでも座ろうか」

頷いたギルバートがベンチに腰を下ろすと、オーレリアは手にしていたバスケットから、革製の水筒を取り出して彼に手渡した。

「ギルバート様、とてもお上手に歩いていらっしゃいましたね」

「ありがとう。大分、身体が思う通りに動くようになってきた実感があるよ」

水筒の蓋を開けたギルバートが、その中身で喉を潤す。

「これもすっきりしていて美味しいな」

爽やかな香りが、ギルバートの鼻を抜けていく。オーレリアは微笑むとギルバートを見つめた。

「これは、レモングラスとミントで作ったハーブウォーターなのですよ」

「へえ、僕も飲んでみたいな」

「もちろん、フィルもどうぞ」

「本当だ、美味しい。暑かったけど、生き返るね」

和気藹々とした三人は一呼吸入れた後、再び立ち上がると、屋敷の方向へと歩き出した。

通って来た散歩道を戻り、緩やかな坂を上ってエリーゼル侯爵家の屋敷が見えて来た時、フィルが怪訝な顔をしてきょろきょろと辺りを見回した。

「どうしたの、フィル？」

不思議そうに尋ねたオーレリアに、彼は首を横に振る。

「……ううん、何でもない」

辺りには、ちらほらと通りを歩く人々の姿が見えたけれど、特に何も変わった様子はなかった。

（おかしいな。誰かの驚いたような心の声が聞こえた気がしたんだけど、気のせいだったのかな……）

少し離れた並木の陰から切なげに三人を見つめる姿があったことに、彼らは気付いてはいなかった。

エリーゼル侯爵家の屋敷まで帰り着くと、オーレリアは外門を潜ったところでギルバートの手を取って嬉しそうに笑った。

「もうこれほどの距離を歩けるなんて、素晴らしいですね。……暑い中をこれだけ歩いて、お疲れになったことでしょう」

彼女が魔法を唱えると、ギルバートの身体が淡い光に包まれた。彼もオーレリアに微笑み掛ける。

「疲れが消えて、新しい力が湧いてくるようだよ。ありがとう、オーレリア」

オーレリアは、外門に程近いエルダーフラワーの木の前で足を止めると、隣に並ぶギルバートとフィルに向かって口を開いた。

「私は、この花を少し取ってから戻りますね。ギルバート様は、フィルと先に戻っていていただけますか？」

「ああ、わかった」

「じゃあ、また後でね、オーレリア」

ギルバートは一日に二回食事を摂《と》れるようになり、夕食はオーレリアとフィルと共に食卓を囲むようになっている。

（もう、日常生活にはそれほど支障がなくなっていらっしゃるように見えるわ）

心を弾ませながら、オーレリアは屋敷へと戻って行く二人の背中を見送ると、木に咲くエルダーフラワーに手を伸ばした。

空の水筒が入ったバスケットの隙間に、オーレリアが摘んだ白い花をいくつか重なるように入れた時、外門の辺りがにわかにざわついた。

（何があったのかしら？）

不思議に思いながら、オーレリアは外の様子を見に向かった。

第四節　美しい令嬢

オーレリアが外門を出ると、顔色の優れない若い女性が、門番の一人に身体を支えられていた。

「どうしたのですか？」

オーレリアが門番に声を掛けると、彼は戸惑ったように女性を見つめた。

「奥様。こちらの方が体調が悪いようで、急に足元をふらつかせて倒れそうになっていたのです」

女性の顔を覗き込んだオーレリアが、はっと小さく息を呑む。

（お綺麗な方……）

人形のように整った顔立ちをした、滑らかな金髪の女性は、美しいヘーゼルアイを苦しげに瞬いた。

「すみません。私は大丈夫ですので」

頭を下げた女性は、慌てて歩き出そうとしたものの、再びふらりとよろめいた。

（熱中症かしら……）

薄い雲は出ていたけれど、その合間から照り付ける陽射しは、じりじりと焼け付くようだった。

オーレリアが彼女の腹部を見ると、薄らと膨らんでいるのがわかった。彼女が妊婦だと見て取ったオーレリアは、急いで口を開く。

「眩暈や頭痛はありませんか。少しだけでも日陰で休んでいらしては？」

「いえ、そういう訳には……」

瞳を揺らした彼女だったけれど、オーレリアは手を貸して彼女を支えた。

「お腹《なか》の赤子に障っては大変でしょう。落ち着くまででも、そこのベンチで休んでいらしてください」

オーレリアは、エルダーフラワーの木に程近い木陰のベンチを指し示す。

「……すみません」

俯いた女性をベンチに座らせると、オーレリアは門番に、彼女の側についていてくれるようにと頼んでから、急ぎ足で屋敷へと戻った。

屋敷の中からは、執事のアルフレッドがオーレリアを迎えに出て来ていた。

「アルフレッド、ちょうどいいところに来てくれたわ。少しお願いしたいことがあるのだけれど」

冷えた水と氷を持って来てくれるよう、オーレリアはアルフレッドに依頼してから、すぐに彼女の元へと引き返した。

(勝手なことをしてしまったけれど、少しくらいなら許していただけるかしら)

オーレリアは、以前にどこかで女性を見掛けたことがあるような気がしたこともあり、このまま放っておくことが躊躇われたのだ。

ベンチに戻り、門番に礼を言ったオーレリアが女性の隣に腰を下ろすと、程なくして、アルフレッドが冷たい水の入ったガラス瓶とグラス、そして氷を入れた容器を載せたトレイを手にしてやって来た。

「オーレリア様。お待たせいたし……」

彼は言葉を失ってベンチの手前で足を止めると、みるみるうちに目の色を変えて厳しい顔つきになった。

「どうして、ミリアム様がここに？」

アルフレッドの硬い声に、オーレリアの隣に腰掛けていた、ミリアムと呼ばれた女性は所在なさげに目を伏せる。

「ご無沙汰しています、アルフレッド」

二人が知り合いだったことに驚き、目を瞬いているオーレリアの目の前で、アルフレッドは見たこともないほど険しい表情で彼女に続けた。

「落ち着かれたら、すぐにお引き取りください」

「はい、承知しています」

アルフレッドは、オーレリアに手にしていたトレイを手渡し一礼すると、屋敷に向かって踵《きびす》を返した。

項垂《うなだ》れた彼女と、普段は温厚なアルフレッドの冷ややかな様子に、オーレリアの頭の中では一つの結論が出ていた。

（この方は、きっと……）

身体に緊張が走るのを覚えながら、オーレリアが戸惑いと共に彼女を見ると、彼女はどこか物悲しげに微笑んだ。

「ご迷惑をお掛けしてしまい、申し訳ありません」

「いいえ。あの、違っていたらすみませんが、貴女様《あなた》は……」

「ええ、お察しの通りです。ギルバート様を置いて逃げた、かつての婚約者ですわ」

少し口を噤んでから、オーレリアが彼女に尋ねる。

「……ギルバート様に会いにいらしたのですか？」

彼女は首を横に振った。

「いいえ。さっきのアルフレッドの態度を見てもおわかりかと思いますが、過去に決して許されないことをした私には、ギルバート様にお会いする資格はありませんから」

「では、どうしてここに？」

「……貴女様を、どうしても一目見たかったからです」

「私を、ですか？」

思いがけないミリアムの言葉に、オーレリアは困惑して彼女を見つめた。

目の前のミリアムの顔色の悪さにはっと我に返ると、オーレリアは急いでグラスに水を注ぎ、氷を入れて彼女に手渡した。

「まずは、これをどうぞ」

「……ありがとうございます」

微笑んだミリアムはオーレリアからグラスを受け取ると、ゆっくりと口に運んだ。オーレリアは続けて、バスケットに入れていた厚手の布を取り出して、いくつか氷を包むと彼女の首筋に当てた。

「ちょっと冷たいかもしれませんが、熱くなっていらっしゃる身体を冷やすためなので、少し我慢してくださいね」

気遣わしげなオーレリアの表情に、ミリアムがじわりと目に涙を浮かべる。

「オーレリア様は、優しい方ですね。私が誰なのかを知ったなら、すぐに追い返されても不思議ではないと思っていたのですが」

「とにかくお身体が第一ですから。それに、お腹に宿っている命に何かがあってからでは、取り返しがつきませんからね」

ミリアムは寂しげに自分の腹部に視線を落とすと、徐《おもむろ》に口を開いた。

「これからお話しすることは、私の独り言だと思って、聞き流していただければと思いますが……」

彼女がグラスを握る手に、ぎゅっと力が込められる。

「私がギルバート様を裏切ったことは、紛れもない事実です。自分本位な私の浅はかさによるものですし、どれほど謝ったとしても許されないということは、私もわかっています。……今日私がここに来たことも、どうぞギルバート様には伏せておいてくださいませ」

オーレリアが静かに頷くと、彼女は小さく息を吐いた。

「私の実家は、ここから遠くない場所にある侯爵家なのですが、エリーゼル侯爵家とも懇意にさせていただいていました。私には比較的強い魔力が認められたこと、そして家同士の事情もあり、彼と婚約し、治癒師として彼のパートナーになることが決まりました。……ギルバート様はあれほど優れた魔剣士で、しかも優しく、お美しい方でしたから、私はとても嬉しくて、どうにかして彼をお支えしたいと、そう思っておりました」

ミリアムが、ふっと遠い目をする。

「ただ、彼のあまりに突出した力に、私は時に恐怖を覚えることがありました。どんなに力を尽くしても、彼の器が、私の力の限界を超えていることが感じられたからです」

オーレリアは、初めて彼に魔法を掛けた時に、あまりの器の大きさに、吸い込まれるような感覚を覚えたことを思い出しながら頷いた。

「それに、ギルバート様はいつも優しく接してくださいましたが、いわゆる異性としての私には、特に魅力を感じてはいらっしゃらないようでした。当時、ギルバート様のことが大好きだった私にとっては、それが不満でもあったのです。彼と婚約するまでは、私を口説いてくる男性もそれなりにいましたが、彼はそういう男性たちとはまったく違いましたから」

目を惹く美貌の彼女なら、さぞかし多くの男性たちから憧れの眼差《まなざ》しを向けられていたのだろうと、オーレリアにも容易に想像がついた。それだけに、彼女の言葉は少し意外でもあった。

「ミリアム様は、ギルバート様に愛されていらしたのではなかったのですか？」

「……彼が私を大切にしようと努力してくださっているのはわかりましたが、それだけです。女の勘のようなものとでも申しましょうか。現に、先程、ギルバート様がオーレリア様に向ける愛しげな視線を見て、愛情があるとこれほどまでに違うものなのかと、つい羨ましくなってしまいました。オーレリア様は、彼にとって特別なのですね」

思わず薄く頬を染めたオーレリアに、彼女は続けた。

「自分と同じだけの愛情を返してくださらないギルバート様に対して、少しずつ溜《た》まっていった不満を爆発させたのが、彼が大怪我を負ったあの時でした。……最低なタイミングだとしか言いようがありませんが、私の力では決して彼の身体は元通りに治せないだろうと悟った時、私は彼を捨てることに決めたのです」

口を噤んだオーレリアの前で、ミリアムが自嘲気味に笑う。

「酷《ひど》い女でしょう？　……でも、私にもささやかな夢があったのです。愛し愛される男性と、温かな家庭を築きたいという夢が。それまでは、いつかギルバート様とその夢を叶《かな》えたいと思っていた私でしたが、あまりに酷い彼のお身体を見た瞬間、夢が潰《つい》えたのを感じました。このままでは、私の残りの人生はきっと彼の介護で終わることになるのだろうと、そんな嫌悪感すら覚えたのです」

ミリアムは表情を翳《かげ》らせたオーレリアを見つめた。

「あの時こそが、必死になって彼をお支えするべき時だったのに、私はそこで踏《ふ》み止《とど》まることができませんでした。ご存知かもしれませんが、私はその後すぐに、とある魔剣士と駆け落ちをしました。自分を愛してくれている男性となら、幸せになれるのではないかと期待したのです。……けれど、悪いことはできないものですね」

彼女は苦々しく笑った。

「彼は、婚約者がいた私に言い寄ってきたような男性です。当時の私は、そんな自分に愛を囁く彼の熱意に心を動かされてしまいましたが、彼がそういう態度を示していたのは、どうやら私だけではなかったようです。私が妊娠して、悪阻《つわり》が酷くなり、治癒師として彼のパートナーが務められなくなると、彼は私を捨てて去って行きました」

「まあ……」

眉尻を下げたオーレリアが呟くと、ミリアムは手にしている水の入ったグラスに視線を落とした。

「頼る相手もいなくなり、お金も尽きて、実家の侯爵家の門を叩《たた》きましたが、元々家を捨てて出ていった身です。私がギルバート様を見捨てたことを知っている両親には、けんもほろろに追い返されました。そんな私を見るに見かねて、しばらく匿《かくま》ってくれたのが兄です。ギルバート様が結婚なさったことは、兄から聞きました」

オーレリアが躊躇いがちに彼女に尋ねる。

「……先程、私を一目見ようとここにいらしたと仰っていましたが、それはなぜなのですか？」

ミリアムは、顔を上げてオーレリアを見つめた。

「私はすっかり自分の人生に失望していました。けれど、兄にギルバート様の結婚を聞いて、ふと興味を覚えたのです。私が逃げ出した場所を埋めてくださった方とは、いったいどんな方なのだろう、と。かつての私が怪我を負ったギルバート様を見て感じたように、胸に諦めを抱いて嫁いでいらしたのだろうか。ギルバート様は、どうしてその方を選んだのだろう。……考えているうちに、どうしても貴女様を一目見たいと思っている自分がいました」

彼女はふっと感慨深げな表情を浮かべた。

「貴女様は、何か苦しみに耐える手掛かりを私に与えてくれるのではないかと、そう期待していたのです。けれど、それはいい意味で裏切られました。……オーレリア様は、犠牲を払う意識などなく、何も見返りを求めずに、ただ純粋にギルバート様の回復を願い、支えていらしたのでしょうね。先程ギルバート様と一緒にいらっしゃる様子をお見掛けして、確かな信頼関係と愛情を感じました。ギルバート様が貴女様を選んだ理由が、私にもわかったような気がします」

ミリアムがにっこりと笑う。

「何より、ギルバート様があれほど回復なさっていることに驚き、胸を撫で下ろしました。ずっと心の底に抱いていた後悔と、申し訳なく思っていた気持ちが、いくらか軽くなったようです」

オーレリアを一目見たら帰ろうと思っていたミリアムだったけれど、信じられないほど回復していたギルバートの姿にも、思わず目を奪われていた。そして、かつて、オーレリアの場所に自分がいた過去の時間を思い出して、切ない思いでつい三人の後を追っていたのだった。

ミリアムは手にしていたグラスを傾けて一気に水を飲み干すと、彼女の首を氷で冷やしていたオーレリアを、感謝の籠った眼差しで見つめた。

「ありがとうございました、オーレリア様。親切にしてくださったこと、忘れません」

「ミリアム様は、これからどうなさるのですか?」

思わず尋ねたオーレリアの前で、彼女は膨らんだ自らの腹を撫でた。

「兄から、住み込みで働ける貴族の家を紹介してもらいましたので、近いうちにその家に向かう予定です。……これからは、授かったお腹のこの子を守って生きていきたいと思います」

随分と顔色のよくなったミリアムが、丁重にオーレリアに頭を下げる。

「奇跡というのは、起こせるものなのですね。きっと、オーレリア様だからこそ起こせたのだと思いますが。……長い話になってしまいましたが、お付き合いくださってありがとうございました。どうぞお元気で、オーレリア様」

「ミリアム様も、どうぞお身体にはお気を付けて、元気な赤ちゃんを産んでくださいね」

明るい表情になったミリアムを外門のところまで送ったオーレリアは、去って行く彼女の背中を見送っていた。

(そんなことがあったなんて、知らなかったわ。ミリアム様も、幸せになってくださるといいけれど。……元婚約者のミリアム様から見ても、ギルバート様にとって私が特別に見えたというのは、本当なのかしら)

その時、フィルが小走りにオーレリアの元にやって来た。

「オーレリア! なかなか戻って来ないけど、どうしたの?」

「ごめんなさい、フィル。もう戻るわね」

フィルは彼女の隣に並ぶと、少しずつ小さくなっていく、金髪を靡かせたミリアムの後ろ姿に気付いてぽつりと呟いた。

「来てたんだ、あの人。……因果応報だね」

「えっ？」

まるで彼女の話を聞いていたかのようなフィルの口ぶりに、オーレリアが驚いて目を瞬く。

「ううん、気にしないで。……それにしても、優しいね、オーレリアは。彼女が誰かを知っても、助けてあげるなんて」

「どうして、それを……？」

ギルバートを見捨てたミリアムのことを、決して許せないと思っていたフィルだったけれど、ギルバートの回復を喜ぶ彼女の心の声を聞き、確かに自らの行いを悔いていたことを知って、多少は胸の中の棘《とげ》が抜けたような心地になっていた。そして、オーレリアの好意で彼女の心が温まり、希望が灯《とも》ったことも感じていた。

フィルがオーレリアの顔を見上げる。

「確かに兄上は以前に彼女と婚約していたけれど、オーレリアは兄上にとって、誰より特別な存在だからね」

オーレリアは彼の大きな碧眼をじっと見つめた。

「フィルといると、時々、不思議な気持ちになるわ。何だか、私の考えていることが手に取るようにわかっているみたい」

「ふふっ、そうかな？　……でもさ、もしもそうだとしたら、気味が悪くはない？」

多くの人は、自分の心の中を暴かれるような彼の能力を嫌がるだろうということを、彼自身も理解している。

けれど、オーレリアは首を横に振った。

「いいえ、別にそうは思わないわ。それに、純粋で優しいフィルになら、そんな力があってもおかしくないような気がするもの」

フィルは、いつでも本音を話してくれるオーレリアを見上げた。

（オーレリアになら、僕の力もそのうち話せそうだな）

無邪気に明るく笑ったフィルに、オーレリアも笑みを返した。

第四章

第一節　鋭い魔剣

「失礼いたします、ギルバート様」

オーレリアがギルバートの部屋に入ると、窓際に立っていた彼は彼女を振り返って微笑《ほほえ》んだ。

大きな窓からは明るい月が覗《のぞ》き、窓の隙間からは虫の音《ね》が重なるように聞こえている。

「すみません、お待たせしてしまいましたか？」

「いや、そんなことはないよ。いつもありがとう、オーレリア」

ギルバートが眠る前に、彼の足をマッサージすることがオーレリアの日課になっていた。

屋敷《やしき》の外にまで足を延ばすようになってから、彼の歩ける距離は日に日に延びて、足の動きも滑らかに、さらにしっかりとしてきている。

彼の足がまだ十分に動かなかった時からマッサージをしていたオーレリアだったけれど、今では溜《た》まった一日の疲れを取るために、眠る前にも彼の足をほぐすようにしていた。

「では、ベッドに腰掛けていただいてもよろしいですか？」

「ああ」

彼の足元にしゃがもうとした彼女は、ベッド近くの壁に立て掛けてあったはずの剣が、ベッド脇の床に置かれていることに気が付いた。

漆黒の鞘《さや》に入った大振りの剣から視線を上げて、オーレリアがギルバートを見つめる。

「ギルバート様、それは……」

「ああ。俺の魔剣だよ」

彼は鞘に納められたままの魔剣に手を伸ばすと、感触を確かめるようにその柄を握り、持ち上げた。

「久し振りに手に取ってみたんだ。君がこの家に来る前は、この魔剣をまた手にする時が来るとは想像してもいなかったが、今では、これを実戦で振るうことができるようになる日も、それほど遠くはないような気がしているよ」

オーレリアは心配そうに眉尻を下げた。

「ええ、私も同感ではありますが……無理はなさらないでくださいね、ギルバート様」

もうかなりの程度の回復が見られているとはいえ、身体《からだ》が完治するまでは、戦いには決して参加しないで欲しいとオーレリアは願っていた。

「ああ、わかっているよ」

魔剣を下ろしたギルバートが、穏やかに笑う。

「けれど、その時が来たら、魔物討伐の場でもお側《そば》でお支えさせてくださいね」

「心強いよ、オーレリア。ありがとう」

ギルバートは、彼の足をほぐし始めていたオーレリアの額にそっと口付けると、彼女の瞳を覗き込んだ。

「ただ、戦いの場で魔剣を振るうよりも先に、俺にはしたいと思っていることがあるんだ」

彼のキスに頬を染めたオーレリアが、小さく首を傾《かし》げる。

「それは何でしょうか。私にもお手伝いできることですか？」

「ああ、むしろ君がいないとできないことだね」

不思議そうに目を瞬《まばた》いたオーレリアに、ギルバートは笑い掛けた。

「君が俺の元に嫁いで来てくれたというのに、まだ結婚式すら挙げることができずにいるからね。もう俺の身体も大分動くようになったし、遅くなってはしまったが、できることなら、君のウェディングドレス姿を見たいと思っているのだが……」

予想外の彼の言葉に、オーレリアの頬にはさらに熱が集まっていた。

「よろしいのですか？　私は、式を挙げなくても、こうしてギルバート様の妻としてお側にいられるなら、それだけで十分なのですが」

「なら、これは俺の希望だと思って欲しい。どうかな？」

「……はい、喜んで」

オーレリアも、新婦としてギルバートの隣に並ぶことができると思うと、想像するだけでもうきうきと胸が弾んだ。ギルバートが嬉《うれ》しそうに口元を綻ばせる。

「俺たち二人とフィル、それに屋敷の者たち程度の、ごく小規模なものを考えているが、構わないだろうか」

「ええ。むしろ、その方がありがたいです」

金と地位目当てで自分を差し出した両親と、勝ち誇った様子で元婚約者を奪っていった妹を、オーレリアはあまり式に招きたいとは思えない。ギルバートはその辺りも理解してくれているようだと彼女は感じていた。

ギルバートは頷《うなず》くと、オーレリアに続けた。

「式だけではなく、君が欲しいものがあれば色々と揃《そろ》えたいし、何か君がしたいことがあるなら、その希望を叶《かな》えたいと思っているんだ。君は俺に尽くしてくれるばかりで、俺からは君に何も返せてはいないからね」

オーレリアは大きく首を横に振る。

「そんな、私はギルバート様からたくさん与えていただいていますよ？　いつも私を気遣ってくださいますし、大切に、優しくしてくださって……貴方《あなた》様と一緒に過ごせる時間が、何より私には幸せですから」

オーレリアがギルバートに魔法を掛ける度、彼は惜しみない感謝を笑顔で示してくれていたし、元婚約者のトラヴィスからは蔑まれ、引け目を感じていたこめかみの傷痕も、ギルバートからは受け入れられていると感じて、だんだんと気にならなくなっていた。ギルバートと一緒にいると、確かな愛情を感じて、負っていた心の傷が癒《いや》されることに加えて、彼の回復の手応えを感じることが、オーレリアの喜びにつながっている。

「謙虚な君らしいな。それなら……」

どこか悪戯《いたずら》っぽい笑みを浮かべたギルバートが、オーレリアをふわりと抱き上げる。

ギルバートの腕に軽々と抱きかかえられて、彼女は驚いて彼を見上げた。

（いつの間に、これほど回復していらしたのかしら……）

嫁いで来たばかりの頃の、自分自身の身体すら起こせずにいたギルバートとは別人のように力強くなった彼に、オーレリアは感動を覚えずにはいられなかった。

ベッドの上にそっと彼女を下ろすと、ギルバートは柔らかく彼女の頬にキスを落とした。

「今夜は一緒に眠ろうか」

「……!?」

オーレリアの胸が大きく跳ねる。嫁いで来た時には、ギルバートが寝たきりだったために、式も初夜も考える余裕などなかったことを、話しながら今更思い返していた。

真っ赤になったオーレリアを腕の中に包んだギルバートは、緊張気味にやや身体を硬くした彼女の亜麻色の髪を優しく梳《す》いた。

「大丈夫、ただこうして君を抱き締めているだけだから。君も疲れているだろう、このまま目を閉じて休んで欲しい」

「……はい」

大人しく頷いたオーレリアは、ギルバートの温かな腕の中で、彼の鼓動を聞いていた。ギルバートの腕の中にいると、どうしてこれほど幸せで気持ちがよいのだろうと、彼女はぼんやりと考えていた。

いったん目を閉じかけたオーレリアは、再び目を開くと彼の顔を見つめた。

「ギルバート様」

「何だい？」

「大好きです」

不意打ちのように囁《ささや》かれたオーレリアの言葉に、ギルバートの頬がみるみるうちに染まる。

「……俺もだよ、オーレリア」

堪《たま》らずギルバートがオーレリアの唇に口付ける。ギルバートからの長く優しいキスに、くたりと身体から力が抜けたオーレリアをそのまま彼が抱き締めていると、しばらくして、穏やかな寝息が聞こえ始めた。

（いつも俺にあれほどの魔法を掛けてくれて、さらにずっと側に付き添ってくれているんだ、目に見えない疲れも相当なものだろう。だが、あまりに可愛《かわい》過ぎるのも、困ったものだな……）

ギルバートは微《かす》かに苦笑すると、天使のように見えるオーレリアを眺めた。

「君ほど純粋な人は、ほかに見たことがないよ。……君といるだけで、俺の心の中にまで光が差してくるようだ」

彼はごく小さな声で呟《つぶや》いた。愛《いと》しげにオーレリアを見つめて微笑むと、ギルバートも静かにその目を閉じた。


その翌日、陽が高くなり始めた頃、朝食を摂《と》り終えたギルバートとオーレリアは二人で庭へと足を運んでいた。ギルバートの手には、彼の大きな魔剣が抱えられている。

まだ涼しい風が二人の頬を撫《な》でていく中で、ギルバートは鈍く光る魔剣を鞘から抜いた。

魔剣を手にしている彼の姿に、オーレリアがこくりと小さく唾を飲む。

(ギルバート様のお身体が心配ではあるけれど、でも、何て凛《り》々《り》しいお姿なのかしら)

安易には近付けないような神々しい雰囲気を、オーレリアは感じていた。

鋭く長い刃をした重そうな魔剣ではあったけれど、彼が手にしていると、まるで身体の一部であるかのように軽やかに見える。オーレリアには、まるでギルバートに今まで欠けていた身体の最後のピースが戻ったかのように見えていた。

ギルバートも、久し振りに握った魔剣に、しっくり来るような懐かしい感覚を覚えていた。

彼がオーレリアを振り返る。

「危ないから、少し離れてもらってもいいかい?」

「はい」

オーレリアが数歩下がったのを確認してから、ギルバートはひゅうっと軽く魔剣を一振りした。魔剣の刃先が起こした風が、遠く見える木々の葉をぱらぱらと散らす。

(……! 凄《すご》いわ……)

オーレリアは息を吞《の》むようにして、彼の一挙手一投足を見つめていた。ギルバートが自らの魔剣を眺める。

「まだそれほど力を乗せられてはいないが、ある程度は身体が覚えているようだ」

ギルバートが魔剣を振るう姿を見て、オーレリアの頭には、かつて一度だけ見た彼の鋭く美しい太刀筋が蘇《よみがえ》っていた。

再び魔剣を振るおうとした彼に、オーレリアが声を掛ける。

「ギルバート様、少しだけよろしいですか?」

「ああ、どうしたんだい?」

魔剣を下ろして振り返ったギルバートに近付くと、オーレリアは彼が魔剣を手にしている右腕に触れた。

「ギルバート様の腕に、魔法を掛けさせていただきたくて」

オーレリアが触れた腕を中心に、彼女の手から溢《あふ》れ出《だ》した白く輝く光が、ギルバートの身体を包み込む。彼女は、目の前でギルバートの動きを見て、かつて見た彼の動きと比べて揺らぎがあった部分に力を補うような感覚で魔法を掛けていた。

ギルバートの身体を包んでいた白い光が消えると、彼は感触を確かめるように、魔剣の柄を握り直した。

オーレリアが離れてから、再び彼が魔剣を振るった時、彼女は風を切るような魔剣からの圧を感じていた。彼が魔剣を振った先では、木々の枝が旋風を受けて一斉に激しく揺れている。

「君の魔法は、さすがとしか言いようがないな」

はじめの一振りとはまったく違う魔剣の手応えに、ギルバートは驚きに目を瞠《みは》っていた。

（以前の感覚が、大分戻って来たようだ）

オーレリアは、ギルバートの飛び抜けた才能を改めて感じながら、彼が手にしている魔剣を見て、ふと、トラヴィスが訪ねて来た時のことを思い出した。

（そう言えば、トラヴィス様はもう、あの時仰《おっしゃ》っていた魔物討伐に参加なさっているのかしら。お怪我《けが》などなさっていないといいけれど……）

トラヴィスに魔法を掛けるのを断ったことは後悔こそしていなかったものの、多少の後味の悪さを感じていたオーレリアは、やや表情を曇らせた。

その時、屋敷からアルフレッドが二人の元にやって来た。魔剣を手にしているギルバートを見て、アルフレッドが感慨深げに微笑む。

「ギルバート様、もう魔剣まで扱えるほどに回復なさったとは……。少し前の私なら、これは夢に違いないとでも思ったでしょうが、どうやら最近、私は奇跡というものを少しずつ見慣れてきたようです」

オーレリアに視線を移してにっこりと笑ったアルフレッドだったけれど、少し眉尻を下げると彼女に一通の手紙を差し出した。

「オーレリア様にお手紙です」

「私に？」

オーレリアが手紙を裏返すと、差出人は父親だった。

（お父様から？　いったい何かしら）

横でその様子を眺めていたギルバートと目を見合わせ、彼女はどことなく嫌な予感を覚えながら手紙の封を切った。

手紙に目を通し終えたオーレリアが、その表情を翳《かげ》らせる。

「何があったんだい？」

「妹のブリジットが、魔物討伐の遠征先で怪我を負って病院に運び込まれたようです。……彼女がパートナーを務めているトラヴィス様と一緒に」

「そうか」

手にしていた魔剣を鞘に納めたギルバートは、オーレリアを見つめた。

「君は、病院に彼らを見舞いに行くつもりなんだろう？」

「はい」

「それなら、俺も君と一緒に行くよ」

オーレリアは彼を見上げる。

「よろしいのですか？」

「ああ、もちろんだ。君を一人で彼らに会わせたくはないからね」

「……ありがとうございます、ギルバート様」

ほっと表情を緩めたオーレリアの肩を抱くと、ギルバートはアルフレッドに向かって口を開いた。

「アルフレッド、馬車の用意をお願いできるかい？」

「かしこまりました、すぐにご用意いたします」

ギルバートがオーレリアを見つめる。

「俺たちも、すぐに出掛ける準備をしよう」

「はい」

ギルバートの存在に、一言では言い表せないような心強さを感じながら、オーレリアは出発の準備を整えるために彼と並んで、急ぎ足で屋敷へと戻って行った。


トラヴィスとブリジットが入院しているという病院に向かう馬車の中、俯《うつむ》いているオーレリアに向かって、ギルバートは労《いた》わるように言った。

「オーレリア、君が考えていることはだいたい想像がつくが、君が責任を感じる必要はどこにもないよ。君は何も、間違ったことはしていないのだから」

「……ありがとうございます」

オーレリアは力なく微笑んだ。彼女は、トラヴィスから魔法を掛けて欲しいと請い願われた時、それを断ってしまったことに対して、少なからず良心の呵責《かしゃく》を覚えていたのだった。

（あの時、もしも私がトラヴィス様に魔法を掛けていたら、彼やブリジットが怪我をせずに済んだ可能性もあったのかしら……）

同じ考えがぐるぐると頭を巡り、オーレリアの口からは幾度も溜息《ためいき》が漏れる。

オーレリアの父から送られて来た手紙に書かれていた病院の前で、馬車ががたがたと揺れながら速度を落として止まると、ギルバートは携えてきた魔剣を腰に提げて立ち上がった。

「どうやら着いたようだね」

「はい」

ギルバートの手を借りて馬車から降りたオーレリアは、目の前に立つ古びた病院を見つめた。空には厚い雲が垂れ込め、周囲はどことなく薄暗い。ギルバートは辺りを見回すと、すっと目を細めた。

「ここは、魔物が出たという場所からそれほど遠くはない。ここまで魔物がやって来る可能性は高くはないだろうが、一応注意をしておこう」

「わかりました」

ギルバートの言葉に頷いたオーレリアは、彼と並んで、幾人かの騎士が警備をしている病院の中へと入って行った。

第二節　急襲

入口でオーレリアが名前を伝えて妹の病室の場所を尋ねると、看護師の一人が彼女とギルバートを案内すると言って、廊下の奥の方に向かって歩き出した。

「妹のブリジットの怪我の具合はどうでしょうか？」

看護師が、廊下の突き当たりにある階段を上りながらオーレリアを振り返る。

「命に別状はありません。ただ……」

少し言《い》い淀《よど》んでから、看護師は続けた。

「完治は難しいでしょう。ご本人は気が立っていらっしゃるご様子なので、あまり刺激しない方がいいかもしれません」

オーレリアは浮かない顔でちらりとギルバートと目を見交わした。

看護師が病室のドアをノックして開けると、オーレリアの視線の先に、ベッドの上で上半身を起こしているブリジットの姿が映った。

ベッドの向こう側には、虚《うつ》ろな目をして肩を落とした、めっきり老け込んだ両親の姿がある。

両親に軽く頭を下げてから、オーレリアは妹を見つめた。

「ブリジット……」

病室に足を踏み入れたオーレリアの声に、ブリジットが徐《おもむろ》に顔を向ける。

「……お姉様？」

「……！」

自分の方を向いたブリジットを見て、オーレリアは小さく息を吞んでいた。病室に入った時には見えなかった、ブリジットの顔の左側に、濃い紫色に爛《ただ》れている部分があることに気付いたからだ。

「それは、どうしたの……？」

呆然《ぼうぜん》としたオーレリアに、ブリジットは爛れた部分を手で覆い隠しながら、瞳からぼろぼろと涙を零《こぼ》した。

「ワイバーンの尾の毒にやられたの。魔物討伐に出向いた先で、ワイバーンの群れが襲い掛かって来て……」

ドラゴンの頭に蝙蝠《こうもり》の羽、蛇の尾を持つワイバーンは、炎を吐くことに加えて、尾の先に毒があることでも知られている魔物だ。

多くのワイバーンが群れをなして襲って来たことを思い出したブリジットは、自分が病院に運ばれた後、果たして残った隊がワイバーンを逃さずに倒せたのだろうかと、未《いま》だ不安な気持ちを抱えていた。

痛々しい様子でブリジットは続ける。

「身体は治癒魔法である程度は回復したのだけれど、この顔はもう、元通りには戻らないかもしれないのですって」

美しかった妹の顔に、大きな染みのように紫色が広がっている様子を、オーレリアはショックと共に言葉もなく見つめていた。

オーレリアの父が暗い顔で口を開く。

「治療は続けるが、治る可能性は低いようだ。どうして、ブリジットがこんな目に……」

呻《うめ》くように言った父に続いて、ブリジットが顔を歪《ゆが》めた。

「これも、全部あの人のせいよ……！」

「あの人？」

ブリジットはきっとオーレリアを睨《にら》み付《つ》けた。

「わかっているでしょう、トラヴィス様よ！　彼は近付いて来たワイバーンを仕留め損なったの。しかも、ワイバーンを避けようとした私を放してくれなかったせいで、こんなことに……」

妹の恨みがましい言葉に、オーレリアが顔を曇らせる。

「では、トラヴィス様のお身体の回復は……？」

「それどころじゃなかったわ。私だって、自分のことで精一杯だったし、私をこんな目に遭わせたのは彼なんだから」

悲痛な面持ちで一息にそう言い放ったブリジットを、オーレリアは悲しげに見つめた。

（……では、ブリジットは、ワイバーンに襲われたトラヴィス様に治癒魔法を掛けてはいないのね）

ブリジットに付き添っていた父と母は、顔を見合わせてひそひそと話してから、戸惑ったようにオーレリアに尋ねた。

「オーレリア、そちらの方は？」

両親の言葉に、ブリジットもようやく、姉の少し後ろからギルバートが静かに見守っていることに気が付いた。

ギルバートがオーレリアの隣に並ぶ。

「ご紹介が遅れましたが、私の夫のギルバート様です」

オーレリアの紹介を受けて、彼女の両親とブリジットに軽く会釈と挨拶をしたギルバートを見て、三人は揃ってぽかんと口を開けた。

父とブリジットは、それぞれ信じられないといった様子で呟いた。

「貴方様が……ギルバート様？　お身体を悪くなさっていたのでは……？」

「え……嘘《うそ》でしょう？　だって、お姉様は看取《みと》りに行くとかいう話で……」

ギルバートが静かに口を開く。

「これもすべてオーレリアのお蔭《かげ》です」

その言葉を聞いても、オーレリアの父は、まさか娘がギルバートを回復させたとは信じられずに、事前に聞いていた話が誤っていたのだろうと思い込んでいた。

一方のブリジットも、父と母が、姉の結婚相手についての正確な情報を伝えてくれていなかったのだろうと苛立《いらだ》っていた。

(お姉様に、そんな力があるはずないじゃない。それに……)

今になって、ギルバートの顔が驚くほど整っていることに気付いたブリジットは、しばらく惚《ほう》けたように彼に見惚《みと》れていた。

(お姉様には、顔にあんなに醜い傷があるのに。どうしてこれほどお美しい方と……?)

ブリジットは、ギルバートとオーレリアを交互に見つめると、再び目に涙を浮かべた。

「お姉様ばかり、どうして? トラヴィス様に選ばれなかったお姉様が、そんなに素敵な方と幸せそうにしているなんて……!」

自分がトラヴィスを奪ったことは棚に上げて、ヒステリックにそう叫んだブリジットが、オーレリアに向かってベッドの上の枕を投げ付ける。枕は彼女まで届かず、途中でぱさりと足元に落ちた。

ギルバートが、オーレリアを庇《かば》うように彼女に軽く腕を回す。オーレリアは遠慮がちに妹に尋ねた。

「ブリジット、何か私にできることは……」

「そんなものはないわ。お姉様の魔力で治るくらいなら、私自身の魔力でとっくに治しているもの」

ブリジットは嗚咽《おえつ》を漏らしながら、夫に愛され、大切にされている様子の姉を見つめた。

「お姉様……もう、帰って」

オーレリアは、妹が強情なことをよく知っている。眉尻を下げたオーレリアは、諦めの表情を浮かべている両親と視線を交わしてから、小さく息を吐いた。

「わかったわ、ブリジット。……それから、トラヴィス様は……」

「知らないわ。……ねえ、言ったでしょう？　もう出て行ってよ」

取り付く島もない妹の様子に、オーレリアはギルバートと目を見合わせると、最後に一言だけ彼女に告げた。

「……お大事にね、ブリジット」

ブリジットから返事は返って来なかったけれど、オーレリアはギルバートと一緒に病室を後にした。

病室のすぐ外で控えていた看護師に、オーレリアが尋ねる。

「あの、妹が治癒師としてパートナーを務めていた、トラヴィス様はどちらに？」

「ああ、彼は、より症状が重いのですが……一つ上の階の病室になります」

オーレリアは看護師の後について、ギルバートと一緒に階段を上りながら、胸の中が鉛のように重くなるのを感じていた。

（あまり、トラヴィス様にお会いしたいとは思えないけれど。でも……）

トラヴィスが訪ねて来た際、彼に魔法を掛けなかったことに、今ではどこか罪悪感を覚えていたオーレリアは、このまま彼に会わずに帰ることに躊躇《ためら》いを覚えていた。

看護師がノックをして病室のドアを開けると、ベッドの上に力なく横たわるトラヴィスの姿がある。

恐る恐るオーレリアが病室に足を踏み入れると、トラヴィスが顔だけをゆっくりとオーレリアに向けた。

「オーレリア？」

「トラヴィス様……」

彼は顔色悪くオーレリアを見つめた。彼の顔には、ブリジットのような爛れは見られなかったものの、首から下には包帯が巻かれている様子が服の合間から見て取れる。トラヴィスは必死に身体を動かそうとしていたけれど、オーレリアの方向に少し向き直るのが精一杯だった。

彼はオーレリアの隣に立っているのがギルバートだと気付いて、みるみるうちに目を瞠った。

「ついこの間まで、あなたは車椅子に乗っていたはずじゃ……」

呆然として呟くようにそう言ったトラヴィスは、はっと目の色を変えてギルバートを見つめた。

「あなたは、前からオーレリアの特別な力を知っていたのでしょう？　そうだ、そうに違いない」

（特別な力……？）

フィルやギルバートにも、何度か似たような言葉を言われていたことを思い出したものの、何も心当たりのないオーレリアは戸惑いながらギルバートを見つめた。

ギルバートが首を横に振る。

「いや。オーレリアの力は、俺の元に来てくれてから初めて知ったんだ」

「そんなことを言っても、俺の目はごまかせませんよ。……だから、俺がオーレリアとの婚約を解消した後、あなたはすぐに彼女を攫《さら》っていったのでしょう？」

トラヴィスはすっと目を細めると、ギルバートとオーレリアを交互に見つめた。

「……頼むよ、オーレリア。俺の身体を何とかしてくれないか。ワイバーンの炎を、避けられずにまともにくらってしまったんだ」

縋《すが》るような瞳をトラヴィスに向けられて、オーレリアが静かに問い掛ける。

「……貴方様のパートナーを務めていたブリジットは、どうしてあのようなことに？」

妹の言葉を思い返していたオーレリアの前で、トラヴィスは顔を怒りに赤く染めた。

「ブリジットは、俺がワイバーンに襲われ掛けていた時、俺を見捨てて自分だけ逃げようとしたんだ！　だから、俺は……」

オーレリアは寂しげにトラヴィスを見つめた。

（きっと、トラヴィス様は、ブリジットとしっかり話し合わないままに魔物討伐を迎えたのね……）

しっかりとした信頼関係を基礎に成り立っている魔剣士と治癒師ならば、お互いを責めるようなことはせずに、むしろ相手を庇い助けるはずだと、オーレリアはそう思わずにはいられなかった。

トラヴィスが必死になってオーレリアを見つめる。

「お願いだ。本当に最後に、この一度きりでいい。どうか、俺の身体が再び動くように、魔法を掛けてはもらえないだろうか」

彼はなりふり構わず、ギルバートにも懇願した。

「あなたはもう、オーレリアの力でそれほどまで身体が回復しているのですから、ほんの一度くらい、オーレリアの力を俺に貸してくれたっていいでしょう?」

ギルバートは静かに答えた。

「それを決めるのは俺ではない、オーレリアだ」

彼が穏やかな眼差《まなざ》しでオーレリアを見つめる。オーレリアは、ギルバートがその言葉とは裏腹に、自分がこれからしようとしていることを既に理解していると察していた。

彼女はトラヴィスの前に進み出ると、ゆっくりと口を開いた。

「これで、貴方様に私が魔法を掛けるのは最後です。ただ、貴方様が期待なさっているような効果が出るかはわかりませんが……」

トラヴィスが瞳を輝かせる。

「大丈夫だ、頼むよ」

オーレリアは、かつて自分が治癒師として側にいた頃と比べると、見る影もなく衰弱してしまったトラヴィスに手を翳《かざ》すと、彼の身体に意識を集中させながら、静かに魔法を唱えた。

オーレリアの手から放たれた淡く白い光が、トラヴィスの身体を包み込んだ。彼の瞳が貪欲な光を帯びる。

（どうしても、ここでオーレリアに俺の身体を回復させてもらわなければ。彼女なら、このぼろぼろになった俺の身体でも、また普通の生活ができるくらいに、……いや、再び魔剣士として十分に魔剣が振るえるほどにだって、治すことができるのではないだろうか）

トラヴィスはちらりとギルバートに目をやった。ギルバートを看取るためにオーレリアが嫁いだという話は嘘だったのだろうか、それとも彼女が彼をここまで回復させたのだろうかと、トラヴィスには判断がつかずに訝《いぶか》しく思っていた。けれど、少なくとも、車椅子に乗っていたギルバートが立ち上がって歩けるようになっていることは、トラヴィスも今目の前で見ている。

（オーレリアを手放してしまったことは、悔やんでも悔やみ切れないが。まずは、使いものにならないこの身体をどうにかしてもらわないと……）

一方のオーレリアは、トラヴィスに魔法を掛けながらも、これまでとは違う感覚に戸惑いを覚えていた。

彼のパートナーを務めていた頃は、魔剣士としてのトラヴィスの身体を誰よりも把握していたはずのオーレリアだったけれど、今目の前にいる彼に魔法を掛けても、なぜか以前ほどの手応えが感じられなかったからだ。

(どうしてかしら？　これまでよりもお怪我がずっと酷《ひど》いから……？　いや、症状の重さのせいとも、またどこか違うような気がするわ)

オーレリアには、トラヴィスの身体が受けているダメージとは関係なく、彼の身体に対して自分の魔法が及ぼす効果が、以前とは異なっているように感じられていた。

トラヴィスの身体は、引き続きオーレリアの魔法が発する光に覆われている。けれど、オーレリアの顔色が次第に悪くなっていく様子に、ギルバートは心配そうに彼女に一歩近付いた。

「オーレリア、顔が青いよ。あまり無理はしない方が……」

ギルバートの声にオーレリアが振り向くと、彼女の腕に、慌てたようにトラヴィスが手を伸ばす。それまでよりも自分の腕が持ち上がったことに安堵《あんど》しながら、トラヴィスはどうにかよろよろと上体を起こした。

(怪我を負ってからあまり時間を置かずに、彼女に治癒魔法を掛けてもらえたことは不幸中の幸いだったたな)

時間が経《た》てば経つほど、魔剣士の身体の回復は遅々として進まなくなることは、彼もよく知っている。

（だが……）

トラヴィスはオーレリアの腕を掴《つか》むと、血相を変えて彼女を見つめた。

「なあ、君の魔法はこんなものじゃないだろう？　前は、君に魔法を掛けてもらう度、身体の内側から力が漲《みなぎ》るような感覚があった。それなのに……」

オーレリアが覚えていた違和感は、魔法を掛けられている側のトラヴィスも同様に覚えていた。

彼は焦りを隠せずに、オーレリアの腕を掴む手にぎゅっと力を入れると、必死の形相で彼女の顔を覗き込んだ。

「君は、俺に力を出し惜しみしているのかい？　もうこれで最後だというのに、俺にはこの程度で十分だろうということか」

「いいえ、そのようなことは……」

青白い顔で首を横に振ったオーレリアとトラヴィスの間に、ギルバートがすぐに割って入る。

「やめるんだ。オーレリアは、決してそんなことはしない」

厳しい表情でトラヴィスを見つめたギルバートに、追い詰められていたトラヴィスは噛《か》みつくように言った。

「あなたは既にオーレリアを得ているから、そんなことが言えるのでしょう。俺には、もう後がないんだ……！」

オーレリアを掴んでいたトラヴィスの手を、ギルバートが振《ふ》り解《ほど》く。トラヴィスから身体を引いて後退《あとずさ》ったオーレリアは、魔力の大半を失って眩暈《めまい》を覚えながらも、彼の指が食い込んでいた腕に残る痛みを感じていた。

恨みがましい表情でトラヴィスがオーレリアを見上げた時、病室の奥にあるバルコニーへと続くガラス扉に、ふっと大きな影が差した。

バルコニーに視線を動かして、目を瞠ったギルバートとオーレリアを、トラヴィスは怪訝《けげん》な顔で見つめた。

(急に何だっていうんだ)

二人の視線を追うようにしてバルコニーを振り返ろうとしたトラヴィスの身体を、今度は大きな振動が包む。病院全体が大きく揺れたことに気付いて、彼は心臓が嫌な音を立てるのを感じながら、恐る恐るバルコニーの方向を見つめた。

「……!!　嘘だろう……」

ガラス扉の外側を通り過ぎて行く大きな影を見て、トラヴィスがごくりと唾を飲む。

彼の瞳には、彼が火傷《やけど》を負わされた個体よりもさらにずっと大型のワイバーンが、悠然と飛翔《ひしょう》する姿が映っていた。

第三節　秘められた力

トラヴィスは呆然として、バルコニーの向こうで舞っている巨大なワイバーンを見つめた。

（こんなところまで、魔物がやって来たのか……）

病室のドアの側で控えていた看護師は恐怖のあまり立《た》ち竦《すく》み、病院の外で警備していた騎士たちが上げた悲鳴が、病室の中にまで響いてきていた。

外の様子を眺めていたギルバートが、腰に提げていた魔剣を抜きながら呟く。

「どうやら二体いるようだな。オーレリアは、ここで待っていてくれ」

「ギルバート様！」

バルコニーに向かって駆けて行くギルバートを見つめて、オーレリアは、トラヴィスに魔力を使って血の気の引いた顔を、さらに青ざめさせていた。

（今のお身体の状態で、ギルバート様がもしもご無理をなさったら……）

ギルバートの身体に既にかなりの回復が見られていることは、オーレリアにもよくわかっている。けれど、オーレリアは、まだ治りきってはいない彼の身体に過度な負担を掛けることは、決してして欲しくはなかった。

（あんなに大きなワイバーンを二体も、お一人で相手をなさるつもりだなんて）

彼女は自然と、ギルバートの背中を追い掛けていた。

バルコニーに出たギルバートの姿を認めたワイバーンが二体とも、するするとバルコニーの上空まで舞い降りて来る。慎重に距離を取るギルバートに対して、自ら目の前に出て来た獲物に涎《よだれ》を垂らしたワイバーンが一体、威嚇するように炎を吐いてから、鋭い牙を剝《む》いて襲い掛かって来た。

オーレリアはただギルバートの姿を見つめながら、祈るような思いで必死に魔法を唱えていた。

（ギルバート様、どうかご無事で）

自分に残る魔力はすべてギルバートに捧《ささ》げようと、オーレリアは全身全霊で、感覚を研ぎ澄ませながら彼に向かって魔法を掛けていた。

オーレリアの手から放たれた温かく輝く光が、ギルバートの身体を包み込む。

白い光に包まれたギルバートは、身体の奥から温かな強い力が湧き出して来るのを感じていた。

（これは、オーレリアの力だ）

彼は、身体中に漲る力を感じて一瞬オーレリアを振り返ると、ワイバーンの炎を避けて飛び上がり、その首に向かって魔剣を振り下ろした。

叫び声を上げる間もなく、ワイバーンはその首をすっぱりと斬り落とされていた。バルコニーに首が転がり、切り離されたワイバーンの胴体が血飛沫《ちしぶき》を上げながら地面にどさりと落ちる。

あまりに鮮やかなギルバートの剣さばきに、オーレリアは魔法を唱えながらも思わず息を吞んでいた。

（何て素晴らしいお力なのかしら）

もう一体のワイバーンは、すぐ目の前で息絶えた仲間を、空中から身体を震わせながら見つめていた。本能で身の危険を悟ったワイバーンが、逃げようと慌ててギルバートに背を向け、バルコニーの上空から離れ掛けた時、跳躍した彼の魔剣がその背中を切り裂いた。

辺りにワイバーンの絶叫が響く。瞳から光を失ったワイバーンは、バルコニーの手摺《てす》りにぶつかると、折れた手摺りと一緒に地上へと転がり落ちた。

地上で折り重なるように倒れて絶命した二体のワイバーンの周りを、しんと静寂が包み込む。

しばらくベッドの上で固まっていたトラヴィスは、魔剣を鞘に納めるギルバートの後ろ姿を見つめながら、呆《ほう》けたようにぽつりと呟いた。

「何て力だ……」

息一つ乱さず、危なげなく目の前で二体のワイバーンを倒したギルバートは、トラヴィスの目から見ても異次元の力を誇っているように感じられた。

(……彼が長い間、身体を悪くして臥《ふ》せっていたというのは本当なのか?)

噂《うわさ》を疑いたくなるほどの、優れた魔剣士としてのギルバートの姿に、彼はごくりと唾を飲んでいた。

(こんな天才魔剣士が、この王国にいたとは……)

かつてオーレリアが側にいてくれた時の自分と比べても、ギルバートはまったく別格だと、トラヴィスはそう認めざるを得なかった。

魔剣を鞘に納めたギルバートが、すぐにオーレリアの元へと駆け寄る。

「オーレリア！」

「ギルバート様……」

彼の身体を癒そうと、ずっとギルバートに向かって魔法を掛け続けていたオーレリアは、足元をふらつかせながらも彼に微笑んだ。

「ご無事でよかったです」

がくりと膝から力が抜けたオーレリアを、ギルバートが支え起こして両腕に抱き上げる。

「オーレリア、君の力のお蔭だよ」

そっと大切そうにギルバートに抱きかかえられたオーレリアを見つめて、トラヴィスは小さく呟いた。

「やっぱり、君の魔法の力は、さっき俺に掛けてくれたような、あの程度のものではないじゃないか……」

虚ろな目をしたトラヴィスを、ギルバートが見つめる。

「君は本当にそう思っているのかい？　オーレリアが君に力を出し惜しんだと」

「それは……」

トラヴィスは口を噤《つぐ》んだ。長年彼女と一緒に過ごしてきたトラヴィスは、オーレリアが自分に対して嘘を吐いたり、手を抜いたりするような人間ではないということを、心のどこかでは理解していた。

「でも、それならどうして……」

諦め切れない様子で、トラヴィスはすっかり魔力を切らして青白い顔をしているオーレリアを見つめる。彼女がギルバートに掛けた魔法の威力がただならぬものだったことは、目の前でそれを見ていたトラヴィスにもはっきりと感じられたからだった。

ギルバートがトラヴィスに向かって続ける。

「オーレリアは、魔剣士の力と身体の状況を精緻に把握する才能に長《た》けている。身体のどこにダメージを受けているのか、そしてどの部分の力を補えば魔剣士が本来の能力を発揮できるかといったことを掴む、観察眼とセンスが突出しているのだろう」

彼は、腕の中のオーレリアを愛しげに見つめた。

「それは、一握りの治癒師しか持ち合わせていない、非常に秀でた能力だが、彼女の力のほんの一部に過ぎない」

魔力切れを起こして薄らいでいく意識の中で、オーレリアはギルバートの言葉をぼんやりと聞いていた。

「オーレリアの魔力は、決して弱いものなどではない。彼女が魔剣士に特化して掛ける魔法は、他に類を見ないものだ。彼女は恐らく、自分の魔力の大半を、彼女が寄り添う魔剣士自身の力そのものに変えている」

トラヴィスがはっとしたようにギルバートを見上げる。

(オーレリアが支えてくれていた時、身体の内側から力が湧き出してくるように感じたのは……)

振り返ってみれば、オーレリアといた時には自分の力が格段に底上げされたように感じていたことに、トラヴィスは改めて思い至っていた。

「オーレリアの鋭い感覚と、単なる治癒魔法の域を超えて魔剣士に与える力が相まって、奇跡のような効果を魔剣士の身体にもたらすのだろう。それは、癒しにとどまらず、失われた力を再生させ、眠っていた力を目覚めさせることすらも可能としているように、俺には感じられる」

ギルバートの言葉に、トラヴィスはしばらく押し黙ると、悲痛な面持ちで彼を見上げた。

「オーレリアには特殊な才能があるようだということは、俺も彼女と別れてから薄々感じていました。……だとしても、彼女が力を出し惜しんではいないというなら、さっきオーレリアが同じように掛けた魔法が、俺とあなたとでこれほど効果に差が出ているのは、いったいなぜなのですか？」

彼女の魔力に余裕があるように見えた、自分に魔法を掛けてくれた時よりも、むしろ魔力の残量が少なくなってからギルバートに掛けた魔法の方が、遥《はる》かに大きな力を生んでいたように見えたことが、トラヴィスには納得がいかなかった。

ギルバートはオーレリアを抱き上げている両腕に、彼女への感謝を伝えるようにそっと力を込めた。

「オーレリアから流れ込んでくる力は、彼女の想《おも》いの強さによって増幅されるようだ」

「……想いの強さ?」

思い掛けない言葉に目を瞬いたトラヴィスに、ギルバートが頷く。

「ああ。信頼関係と愛情を基礎とした、相手のことを助けたいと願う曇りのない想いが、元々非凡な彼女の力を、さらに果てしなく膨れ上がらせているようだ。これも、清らかで優しい心を持つオーレリアだからこそ成し得る技だろう。……君にも、過去に経験があるのではないのかい?」

「……!」

そんな力の持ち主など、未だかつて聞いたことがないと思ったトラヴィスではあったけれど、ギルバートの言葉にははっとするような心当たりがあった。トラヴィスは、かつてオーレリアが彼をケルベロスから庇って傷を負った時、とてつもない熱量が力となって流れ込んできたような気がしたことを思い出した。

「あの時の力は、もしかして……」

彼の命を救おうと、必死になってケルベロスの前に飛び出して来たオーレリアが包んでくれた、その両腕の温かさをトラヴィスは思い起こしていた。

(オーレリアはあの時、自らの命を賭してまで俺を守ろうとしてくれた。俺があの瞬間に感じたとてつもない力は、オーレリアが、それほどまでに俺を想ってくれていたからだったのか……?)

当時自分に流れ込んできた、溢れるほど強く温かな力を思い出したトラヴィスの瞳から、すうっと一筋の涙が流れ落ちる。あの時感じた力はそうだったに違いないと、感覚的に合点《がてん》がいっていた。

当時から抱いていた疑問がすとんと腑《ふ》に落ちたのと同時に、悔恨の呻き声が彼の口から漏れる。

「ああ……」

彼女が捧げてくれていた愛情の深さと、失ったものの大きさに、トラヴィスは小さく震えていた。

オーレリアの魔法が、彼女の信頼を酷く裏切ったトラヴィスを、もうかつてのように癒すことはないだろうということが、彼にははっきりと理解できていた。

「オーレリア……」

トラヴィスがオーレリアに震える手を伸ばす。今になって、どれほどの愛情を彼女から注がれていたかを自覚したトラヴィスは、胸の奥が切なく疼《うず》くのを感じていたけれど、手遅れだという現実だけが目の前にあった。彼女の瞳には、もうトラヴィスの姿は映ってはいない。

顔を両手で覆って、深い後悔を胸に抱きながら嗚咽を漏らし始めたトラヴィスに背を向けると、ギルバートは彼の病室を後にした。

オーレリアは、自分を抱きかかえるギルバートの温かな腕を感じながら、薄れていた意識を手放した。

＊＊＊

「ん……」

ゆっくりと目を瞬いたオーレリアを、ギルバートが優しい瞳で見つめる。

「気が付いたかい、オーレリア」

「ギルバート様……」

彼女は、病院から屋敷へと向かう馬車に、ギルバートと一緒に揺られていた。

「さっきは君の力に守られたお蔭で、事なきを得たよ。魔力の残量が少なかったというのに、俺を必死で支えてくれてありがとう」

「いえ、あれはギルバート様の優れたお力の賜物《たまもの》です」

ギルバートに抱き寄せられていた彼女は、彼を見上げて微笑むと、魔力切れを起こしながら、遠ざかる意識の中で聞こえてきた彼とトラヴィスの会話を思い出していた。

（ギルバート様やトラヴィス様、それにフィルが言っていた、私の力というのは……）

オーレリア自身には、まだはっきりとした能力の自覚はなかったものの、過去を思い返すと、ギルバートの言う通りなのかもしれないという思いもどことなくあった。

けれど、オーレリアにはまだわからないことがあった。

（どうして、ギルバート様には私の想いの強さがわかったのかしら）

オーレリアがギルバートを想う気持ちは、一言では言い表せないほど深く大きなものだったし、それをギルバートが理解してくれているとも感じてはいる。けれど、まるで手に取るようにその想いの強さがわかっている様子のギルバートが、オーレリアには少し不思議に思えた。

戸惑いがちにギルバートを見上げたオーレリアに向かって、彼女の疑問を察しているかのように、彼は穏やかに微笑んだ。

「オーレリア。君にはまだ伝えていなかったが、俺にも、人とは少し違う力があるんだ」

「人とは少し違う力、ですか？」

ギルバートが魔剣を振るう姿を再び間近で目にして、彼の力が人並み外れていることを感じていたオーレリアが、小さく首を傾げる。

（もう十分に、ギルバート様が人とは違う力をお持ちだということはわかってはいるけれど。他にも何か、人とは違う力をお持ちなのかしら……？）

ギルバートはオーレリアを見つめると、ふっとその目を細めた。

「まあ、力というほど優れたものでもないが。……俺には、人の心の色が見えるんだ」

「心の色……？」

予想外のギルバートの言葉に目を瞬いたオーレリアを、彼が眩《まぶ》しそうに見つめる。

「ああ。俺は幼い頃から、他人の心の色を見ることができた。人によって、心の色はそれぞれ異なっているんだ」

ギルバートを見つめ返したオーレリアに、彼は続けた。

「その人間が元々持っている心の色に加えて、喜びや愛情、悲しみや憎しみといった感情に心が揺れ動く時、心はその感情に応じた色を帯びる。前向きな感情なら明るい色を帯びて光り輝いて見えるが、反対に、後ろ暗い感情を抱いていれば、まるで水中に墨を垂らしたかのように、心は暗く濁るんだ。感情の強さによっても、輝きや色の鮮やかさが異なってくる」

オーレリアは頷きながら、静かに彼の言葉に耳を傾けていた。

（……想いの強さも、ギルバート様の目には見えていらしたのね）

ギルバートは少し口を噤むと、苦々しく笑った。

「こんな力など授からなければよかったと、昔から幾度も繰り返し思ったよ。知らずにいる方が幸せなこともあるのだということを、嫌というほど思い知らされた。……表面上は笑顔の人間が、心の中には妬みや嫉《そね》み、欲望や下心を隠して近付いて来る時、俺にはその感情の色が感じられるんだ。その人が考えていることを、必ずしも正確には読み取れなくても、大体推測することはできたからね。人間とはこうも醜いものなのかと、天を仰ぎたくなることもあったよ」

ギルバートが小さく息を吐く。

「だが、人間は、概《おおむ》ね皆そういうものなのだろうと、俺は環境に自分を慣らしていった。少しずつ、感覚を麻痺《まひ》させるようにしながらね」

「そうだったのですね……」

オーレリアは気遣わしげにギルバートを見つめた。一緒の時間を過ごしていく中で、彼が優しく感受性豊かなことをよく知るようになっていただけに、どれほど彼が辛《つら》い思いをしてきたのかということが、彼女には容易に想像がついたからだった。

微笑みを浮かべたギルバートが、オーレリアの頭を柔らかく撫でる。

「ただ、悪いことばかりではなかった。感謝や希望といった純粋な感情が、時に美しい色を浮かべる様子も目にすることができたからね。そうした心の輝きは、俺の胸を温めてくれた」

彼はじっとオーレリアを見つめた。

「その中でも、俺がかつて目にした君の心の色は、決して忘れられないものだった。長い間、俺がベッドの上で、希望を失《な》くしそうになりながら臥せっていた時にも、君の心の色を思い出す度に、救われるような気持ちになっていたんだよ」

「私の心の色に、ですか?」

「ああ、そうだよ」

驚きに目を丸くしたオーレリアに、彼はゆっくりと頷いた。

第四節　祝福に包まれて

オーレリアの心の色が忘れられずにいたという、ギルバートの言葉の意味が呑み込めぬまま、彼女は戸惑いながら彼を見上げた。

ギルバートは穏やかな瞳で彼女を見つめた。

「昔、君が俺に治癒魔法を掛けてくれた時のことを覚えているかい？」

「はい。あの時のことは、よく覚えています」

オーレリアの言葉に、ギルバートが嬉しそうに口元を綻ばせる。

「君は少し緊張していた様子ではあったが、あの日、初めて会った君に、これほど純粋な心の色をした人がいるのかと驚いたことを、今でもはっきりと覚えているよ」

「……ギルバート様には、私の心は、いったいどのような色に見えているのですか？」

不思議そうに、そして少し恥ずかしそうに尋ねたオーレリアに、ギルバートは柔らかく笑い掛けた。

「透き通るような、穢《けが》れのない白だよ。君のように曇りのない心の色を保っている人を、俺は他に見たことがない。それは、君と出会った日から変わらず、今でも同じだよ」

頬を染めたオーレリアに、彼は少し遠い目をして続けた。

「君はあの日、元婚約者を庇って、迫り来るケルベロスの前に勇敢に飛び込んでいっただろう？あの時に君が放っていた心の輝きは、忘れることができない。今もありありと目に浮かぶんだ」

当時、ギルバートの瞳には、魔物討伐の暗い森の中で、眩しい程の真っ白な輝きを放っていたオーレリアの心が、はっきりと浮かび上がるように見えていた。

「君は、自らの危険も顧みずに、ただ彼を助けようとの一心だったのだろう。あれほど純粋でひたむきな、強い想いを映す心の輝きを見たのは、生まれて初めてだったよ。あの時は、君をケルベロスの爪から守ることができずにすまなかったが、あの時に感じた衝撃は、一言では表し切れない」

ギルバートがオーレリアの身体を抱き寄せている腕に力を込める。

「強く温かく、純粋で、ひたむきな君の心が……一切の見返りを求めることなく、彼を助けるためだけに力を尽くしていた君の心の輝きが、俺にはこの世のものとは思えないほど美しく見えたんだ」

見返りという言葉を聞いて、オーレリアの胸を、ミリアムから聞いた言葉がよぎっていた。

自らが捧げた愛情の見返りに、ギルバートに同じだけの愛情を返して欲しいと望んでいたミリアムの心も、彼には透けて見えていたのかもしれないと、オーレリアはそう感じていた。

「では、ギルバート様が私をお側にと望んでくださったのは……」

「ああ。できることなら、死ぬ前に一目だけでも、俺に希望の光を与えてくれた君に会えたならと、そう胸の奥で願っていたんだ。臥せっている間、絶望に呑み込まれそうになる度に、俺はあの日の君の心の輝きを思い出していたからね。……そうしたら、フィルが君を連れて来てくれた。あの時は驚いたよ。君は、そのまま俺の側にいてくれるというのだから」

美しいギルバートに間近から愛しげに見つめられて、オーレリアは胸を高鳴らせていた。

「かつて元婚約者を庇った時、君がどれほどの想いで彼を守ろうとしていたのかがわかっていたから、俺は君たちの仲を裂こうなどとは微塵《みじん》も考えてはいなかった。ただ、この世に君のような美しい心の持ち主がいるというだけで、俺は心が洗われるような、救われる思いがしたんだ。……それが、君が俺の元に来てくれることになって、奇跡が起こったとしか思えなかった」

エリーゼル侯爵家に初めてオーレリアが訪れた頃を懐かしむように、ギルバートが温かな眼差しを彼女に向ける。

「俺が臥せるようになってから、数多くの治癒師たちが俺の元を訪れたが、誰もが皆、心の中に欲望を抱えていた。金、名誉、権力……俺を治した暁に手に入る可能性があるものに、彼らは貪欲だった。そんな彼らの欲望に疲弊していた俺は、彼らをはじめとする外界の人間とは一切の接触を絶つことにしたんだ。……だが、君だけは違っていたね」

ギルバートは、オーレリアの華奢《きゃしゃ》な身体をぎゅっと抱き締めた。

「君の才能も、もちろん比類なき素晴らしい力だが、何よりも、君のその美しい、俺の回復を純粋に願ってくれる心が、こうして俺を救ってくれたんだ」

先程ワイバーンと戦った際も、ギルバートを支えようと追い掛けてきたオーレリアの心が、かつて見た彼女の心の輝きにも勝るほどに白く眩《まばゆ》い輝きを放っていたことが、ギルバートの心を明るく照らしていた。

「オーレリア、君には感謝してもしきれない。俺の力の限り、生涯君を大切にし、幸せにすると誓うよ」

「私こそ、ギルバート様に見付けていただいて感謝しております。これからも、ずっとお側でお支えさせてください」

オーレリアの唇に、そっとギルバートから唇が重ねられる。オーレリアは胸いっぱいに幸せが広がるのを感じながら、彼の腕に身を任せていた。

(今の私の心の色は、ギルバート様の目にはどう映っているのかしら?)

彼女はちらりとギルバートを見上げた。ギルバートは、オーレリアの心が美しい薄紅色の輝きを帯びるのを眺めて微笑むと、再び彼女の唇に唇を重ねた。

＊＊＊

結婚式が目前に迫ったある日、オーレリアはギルバートから声を掛けられた。

「オーレリア、少し君の時間をもらっても?」

「はい、もちろんです」

どこか楽しげなギルバートの様子に、どうしたのだろうと思いながら、オーレリアは手を引かれるままに彼の部屋へと入って行った。

オーレリアが勧められた椅子に腰を下ろすと、ギルバートは引き出しの中から艶のある革張りの箱を取り出して、彼女の前のテーブルに置いた。

「これは、何ですか……?」

広げた両掌《てのひら》に乗る程度の大きさながらも、高級感の漂う焦げ茶色の革張りの箱を眺めて、オーレリアは目を瞬く。

ギルバートは彼女を見つめて微笑んだ。

「君へのプレゼントだよ。開けてごらん?」

慎重な手付きでそっと箱を開けたオーレリアの口から、感嘆の声が漏れる。

「わあっ……!」

箱の中には、美しい輝きを放つダイヤのネックレスとイヤリングのセットが入っていた。いずれも一目で高価なことがわかる、繊細な金細工に輝きの強いダイヤがいくつもあしらわれたものだ。

「綺麗《きれい》ですね……」

蔓草《つるくさ》と花々を模した金細工がダイヤを囲んでいる、上品なデザインのネックレスとイヤリングに、オーレリアはうっとりと見惚れていた。窓から差し込む陽光を、大振りのダイヤがきらきらと虹色に弾いている。

「気に入ってもらえたかな?」

優しい笑みを浮かべているギルバートに、オーレリアは頬を上気させて頷いた。

「はい、とっても。でも、こんなに素敵なネックレスとイヤリング、私にはもったいないくらいで……」

見たこともないような美しいジュエリーを前にして、オーレリアは表情に戸惑いの色を浮かべていた。

「しかも、ウェディングドレスまで誂《あつら》えていただいたばかりだというのに、本当によろしいのでしょうか」

オーレリアのウェディングドレスは、ギルバートが彼女のためにと、王都でも歴史のある仕立屋を呼んで特別に誂えたものだ。優美な光沢のある、輝くばかりの純白のシルクのドレスは、溜息が出るほど見事なものだった。

ギルバートは柔らかな表情でダイヤのネックレスを手に取ると、丁寧な手つきでオーレリアの首に着けた。

「今まで君が俺を支えてくれたことに比べたら、これはほんの感謝の気持ちに過ぎない。君に似合いそうだと思って選んだのだが、もしも気に入ってくれたなら、受け取ってもらえたらと思うよ」

首元のネックレスに、オーレリアがそっと触れる。価値のあるジュエリーであるということ以上に、ギルバート自ら、自分のために選んでくれたということが、彼の愛情が感じられてオーレリアには嬉しかった。

「ありがとうございます。ずっと大切にしますね」

ギルバートは柔らかな表情で頷くと、次にダイヤのイヤリングを手に取って、オーレリアの耳に着けた。

耳たぶに触れる彼の優しい手に、オーレリアの頬がふわりと染まる。

「よく似合っているよ。まるで、ダイヤも君の元に来たことを喜んでいるようだ」

彼に手を取られて鏡の前に立ったオーレリアは、首と耳元を彩るダイヤの眩しい輝きに、ほうっと息を吐いていた。そんな彼女の姿を、ギルバートも目を細めて見つめている。

どこまでも純粋で美しいオーレリアの心の色が、澄んだダイヤの輝きに重なるように感じられて、ギルバートはそのダイヤのジュエリーを選んだのだった。

「こんなに素晴らしいジュエリーを私に選んでくださって、何てお礼を言ったらよいか……」

ギルバートを見上げたオーレリアに、彼は愛しげに微笑み掛けた。

「さっきも伝えた通りだが、お礼を言いたいのは俺の方だ。君が俺に希望を与え、俺の身体に命を吹き込んでくれた。その感謝には、これくらいでは到底足りないよ」

「いえ、十分過ぎますから……！」

慌てたオーレリアを、くすりと笑みを零したギルバートがそっと抱き締める。

「いつもありがとう、オーレリア」

ギルバートの温かな腕の中は、今ではオーレリアにとって最も心地がよくて落ち着く場所だ。

愛され、大切にされていることをひしひしと感じながら、オーレリアは満ち足りた表情で彼の腕に抱き締められていた。

幸せそうに頬を色付かせているオーレリアの瞳を、ギルバートのサファイアのように輝きの強い瞳が覗き込む。

「やっぱり可愛いな、君は」

「……！」

ギルバートに甘く唇を重ねられて、オーレリアは蕩《とろ》けそうになりながら、彼の力強い腕に身を預けていた。

その数日後、ギルバートとオーレリアの晴れの日を迎えて、エリーゼル侯爵家の皆が喜びに沸き立っていた。

結婚式の支度を整えて、純白のウェディングドレスに身を包んで控えの部屋から出て来たオーレリアを見つめて、フィルが大きな瞳を輝かせる。

「うわあ、すっごく綺麗だね、オーレリア。……兄上が羨ましくなるよ」

オーレリアが歩く度、繊細なレースがあしらわれたドレスの長い裾がふわふわと揺れていた。彼女の首元と耳元では、ギルバートから贈られたダイヤのネックレスとイヤリングが、眩い輝きを放っている。

兄よりも一足先にオーレリアの前に姿を現したフィルは、ほんのりと頬を染めてオーレリアを見上げた。

「ふふ。ありがとう、フィル」

亜麻色の長い髪をアップにして花飾りを挿し、美しい化粧を施したオーレリアのこめかみには、今もくっきりと傷痕が残っている。けれど、すべて包み込むように自分を受け入れてくれるギルバートの隣にいるうちに、オーレリアも、そんなありのままの自分を受け入れて笑えるようになっていた。

ギルバートだけでなく、フィルをはじめとするエリーゼル侯爵家の者たちも皆、優しく思いやりのある彼女のことが大好きだった。

身体にぴったりと合ったシルバーグレイのタキシードを身に着けたフィルが、後ろを振り向いて大きく手を振る。

「兄上！」

アルフレッドに付き添われてやって来た、黒のフロックコートに身を包んだギルバートは、フィルに手を振り返すと、眩しそうにオーレリアを見つめた。

「……綺麗だよ、オーレリア」

「ギルバート様こそ、とてもお美しいです」

すらりと背が高く、フロックコートがよく映えるギルバートの神々しいほどの美しさに、オーレリアは頬に熱が集まるのを感じながら、思わず感嘆の息を吐いていた。

微笑ましい二人の姿に、アルフレッドも晴れやかな笑みを浮かべている。

嬉しそうに笑ったギルバートに向かって、フィルはやや頬を膨らませると釘《くぎ》を刺した。

「ねえ、兄上。この間から何度も言っているけどさ、身体がちゃんと治るまでは、絶対に魔物討伐に行っては駄目だからね？　……この前、ワイバーンを倒した時の兄上は物凄く強かったと聞いたけど、せっかくオーレリアと式を挙げられるほどまで治ったのに、ここで無理をして身体に負担を掛けてしまっては、元も子もないんだよ?」

フィルは、王国軍がギルバートをできるだけ早く呼び戻そうと気色ばんでいることを知って、兄の身体を心から心配していたのだ。ギルバートが、フィルの頭を軽く撫でる。

「ああ、わかっているよ、フィル」

兄を思うからこそのフィルの言葉に、ギルバートは優しく微笑んだ。けれど、フィルは、以前は放っておくと当たり前のように何でもこなしてしまっていた兄に、慎重に重ねて続けた。

「絶対に、約束だからね? 兄上にもしものことがあったなら、その時は、オーレリアは僕がもらうよ?」

ギルバートは、フィルを見つめて微かに苦笑した。

「……いくらフィルでも、オーレリアは譲れないな」

「じゃあ、指切りして欲しいな」

顔を赤くして兄と指切りをしているフィルを見て、オーレリアは彼のあまりの可愛さにくすりと笑みを零した。

(本当に、フィルはギルバート様思いの弟ね。仲の良《い》い素敵な兄弟だわ)

フィルが、笑顔のオーレリアをちらりと見上げる。

(オーレリアが、僕のことを弟としてしか見ていないことはわかっているけれど。……彼女以上に素敵な女性は、僕も本当に知らないんだけどな)

ほんの少しだけ切ない想いを呑み込むと、フィルはオーレリアに笑い掛けた。

「これからも兄上をよろしくね、オーレリア」

「ええ、こちらこそ、フィル」

ギルバートと微笑み合うオーレリアからの心の声が、フィルにははっきりと聞こえていた。

(『これから何があったとしても、私にはギルバート様だけが、生涯愛情を捧げるたった一人の方だから』)

フィルは、臥せっていた時とは見違えるように回復し、明るい表情でオーレリアの隣に並ぶ兄を見上げた。

(よかったね、兄上)

弟の気持ちを汲《く》み取《と》ったように、ギルバートがフィルに微笑む。

「ありがとう、フィル。君のような弟がいてくれて、俺は幸せだよ」

ギルバートはオーレリアに視線を戻すと、にっこりと笑った。

「さあ、行こうか」

「はい、ギルバート様」

ギルバートには、彼らを待つ神父とエリーゼル侯爵家の面々の、曇りのない温かな心の色が見えていた。彼の隣ではオーレリアが、誰より美しく、眩いばかりの心の輝きを放っている。ギルバートの目にこれほどまでに美しい心の色ばかりが映ることは、これが初めてだった。

胸がひたひたと喜びで満たされるのを感じながら、オーレリアと並んで歩いていたギルバートが、彼女の耳元で囁く。

「君と出会えてよかった。愛しているよ」

彼女はふわりと頬を染めると、花咲くような笑みを浮かべた。

オーレリアは、ギルバートからの溢れるほどの愛情を感じながら、明るく輝く未来に確かな手応えを感じていた。神父の前に進み出て行く、幸せそうに寄り添う二人を、惜しみない拍手と祝福が包み込んだ。

番外編一　甘い時間

結婚式の後、夕刻まで和気藹々《わきあいあい》と続いた披露宴を終えたオーレリアは、ウェディングドレスからゆったりとしたワンピースへと着替え、しばしの休息を挟んでからギルバートと一緒に庭に出ていた。

いつの間にかすっかり夜の帳《とばり》が下りていたけれど、群青の空には明るい満月が輝いている。美しい月に誘われるように庭に出た二人は、煌々《こうこう》と満月に照らされた庭を並んで歩いていた。涼やかな風が、彼らの頬を柔らかく撫《な》でていく。

「気持ちの良《い》い晩ですね」

白く輝く月を見上げて目を細めたオーレリアに、ギルバートは穏やかに笑い掛けた。

「その通りだね」

オーレリアを抱き寄せたギルバートは、それから彼女と手を繋《つな》ぐと、そのままゆっくりと庭を歩いていった。華やいで賑《にぎ》やかだった式と披露宴とは対照的に、庭はしんと静かで、二人が芝生を踏む音だけが夜に吸い込まれていくようだ。

ギルバートはしみじみと口を開いた。

「俺たちのことを、皆が心から祝福してくれたからだろうか。これほど満たされた気持ちになったのは、これまでの人生で初めてのような気がするよ」

（ギルバート様には、きっと皆の優しい心の色も見えていたのでしょうね）

そう感じながら微笑《ほほえ》んだオーレリアは、彼の言葉に頷《うなず》いた。

「皆、いっぱいの笑顔で祝ってくれましたね。私も、とても幸せな気持ちになりました。今もまだ、その余韻に浸っているところです」

「ああ、俺もだ」

歩く足を止めないままに、ギルバートは呟《つぶや》くように言う。

「少し前まで――君が俺の元に来てくれるまでは、こんな幸せが俺に訪れるなんて想像もつかなかった」

ギルバートはオーレリアに向かって微笑んだ。

「大怪我《おおけが》を負って、ベッドから出られなくなる前は、俺はよくこうして夜の庭を歩いていたんだよ」

「そうなのですか？」

「ああ。当時は、人と会って気疲れしてしまった時などに、気分転換をして気持ちを落ち着かせるためだったたがね。一人で無心になって、静かに夜風に当たりたかったんだ」

（心の色が見えてしまうギルバート様なら、誰かと会う度に、人一倍気疲れなさっても不思議ではないわ）

繊細な彼の気持ちが、オーレリアには手に取るようにわかった。静かに頷いた彼女に、ギルバートは続ける。

「誰かを信じたり、誰かに期待したりすることが、あの頃の俺にはできなくなっていた。きっと、そんな自分自身にも疲れていたんだろう。そんな時だったよ、君に出会ったのは」

オーレリアも、当時は雲の上の存在のように感じていたギルバートの隣に、今はこうして並んでいることに、不思議な運命を感じずにはいられなかった。

「まだほんの駆け出しだった私は、ギルバート様の前で硬くなっていましたね。緊張のあまり、治癒魔法に失敗したらどうしようかと、そんなことを考えていました」

「はは、そうか。それでも、君の純粋な心の色には驚かされたよ」

ギルバートは懐かしそうに遠い目をした。

「あの日、俺は君に大きく心を揺さぶられた。それまでは、まだ人生の経験も浅いというのに、人間というものに半ば諦めを感じていたんだと思う。そんな俺に希望を与えてくれたのが、君だったんだ」

「私は、そんな風にギルバート様に言っていただけるほど、たいした人間ではありませんが……」

少し困ったように微笑んだオーレリアを、ギルバートが優しい瞳で見つめる。

「いや、そんなことはない。今日の結婚式でも、改めて君の存在の大きさを感じたところだ」

「結婚式で、ですか？」

「ああ。君がどれほどエリーゼル侯爵家の者たちに愛されているか、皆が俺たちを温かく祝福してくれた時によくわかったよ。皆の心の色が見えた時、まるで、澄んだ虹色の光に包まれているようだった」

ギルバートは幸せそうに目を細めた。

「俺が臥《ふ》せっていた時には、この屋敷《やしき》の中でも、できるだけフィルや、アルフレッドを含むごく一部の使用人としか顔を合わせないようにしていた。頑《かたく》なな俺の態度のせいで、屋敷の空気はさらに暗くなっていたのだろうと、今から思い返すとすまなく思うが――そんなこの屋敷をすっかり変えてくれたのは、オーレリア、君だよ」

繋がれた温かな手にぎゅっと力が込められたのを、オーレリアは感じた。

「君はいつだって俺の身体《からだ》を第一に考えて、献身的に支えてくれた。それだけではなく、君が屋敷の者たち皆に優しく、思いやり深く接してくれたから、今では屋敷全体に温かな空気が満ちている。式での皆の笑顔や心の色を見て、これは君が来てくれたからなのだと、心の底からそう感じたよ」

オーレリアがギルバートを見上げてにっこりと笑う。

「私の方こそ、エリーゼル侯爵家の皆には良くしていただいています。それに、ギルバート様の回復なさったお姿を見て、皆が本当に喜んでいますよ。貴方《あなた》様のことを、皆ずっと心配していましたから。私は、ギルバート様がいかに尊敬され慕われているのかを、彼らと接しながら感じていました」

ちょうど、二人はエルダーフラワーの木の下に差しかかっていた。暗がりの中に仄白《ほのじろ》く浮かぶ可《か》憐《れん》な花から、ふわりと甘い香りが漂ってくる。

ギルバートとオーレリアは足を止めると、揃《そろ》って白い花々を見上げた。

「この花にも、苦しい時期に随分と癒《いや》してもらったな。君のお蔭《かげ》だね」

「ふふ。この庭にエルダーフラワーが植えてあって、幸運でした」

エルダーフラワーの瑞々《みずみず》しい花に、ギルバートは手を伸ばすとそっと触れた。

「アルフレッドに後から聞いた話だが、この木の苗は、昔、俺の両親が一緒にここに植えたのだそうだ」

「そうだったのですね。お父様もお母様も、きっと天からギルバート様を見守っていらっしゃるのでしょう」

会うことが叶《かな》わなかったギルバートの両親に思いを馳《は》せながら、オーレリアは月の明るい夜空に視線を移した。

オーレリアの隣で、ギルバートも澄んだ夜空を見上げる。

「ああ、きっとね。君を紹介できなかったことは残念だが、俺が君のように素晴らしい妻を迎えて喜んでいるだろう。空の上から、俺たちのことを祝福してくれているような気がするよ」

ギルバートは清々《すがすが》しい表情で、芳しいエルダーフラワーの香りを胸いっぱいに吸い込んだ。

「以前は花の香りなど、たいして気に留《と》めることもなかったのに、不思議なものだ。君と一緒にいると、感覚が研ぎ澄まされていくようで、今までは見過ごしていた小さな幸せが、たくさん見付かるように思えるよ」

「私も、こうしてギルバート様のお側《そば》にいられるだけで、とても幸せです」

柔らかく笑ったオーレリアに、ギルバートは笑みを返した。

「俺は何て恵まれているんだろうな。……今日の結婚式でも、君が隣にいてくれることが何より嬉《うれ》しかった」

月明かりに照らされたギルバートの笑顔のあまりの美しさに、オーレリアが思わず息を呑《の》む。ふわりと頬を染めたオーレリアを愛《いと》しげに見つめると、彼は続けた。

「君のウェディングドレス姿は、俺以外の人に見せるのが惜しいほどに綺麗《きれい》だったよ」

「まあ、ギルバート様ったら」

オーレリアが、くすりとはにかんだ笑みを零《こぼ》す。そんな彼女の髪を優しく撫でてから、ギルバートはその柔らかな髪の一房を手に掬《すく》い上《あ》げると、そっとキスを落とした。そして、深い青色の瞳でじっとオーレリアを見つめた。

「外見だけじゃない。君の心は、どんな宝石よりも美しい」

彼の眼差《まなざ》しに、オーレリアの胸がどきどきと高鳴る。ギルバートの視線が、自分の瞳のさらに奥にある何かに向けられているように感じて、オーレリアはつい彼に尋ねた。

「ギルバート様には今、私の心の色が見えているのでしょうか」

「ああ、そうだよ」

「……前にギルバート様が教えてくださったように、私の心は今も白い色をしているのですか？」

ギルバートは嬉しそうに、そしてどこか楽しげに彼女を見つめ返した。

「今の君の心は、まっさらな白に、美しい紅色を数滴落としたような色に見えるな。混ざり合って、綺麗な桜色をしているよ」

「……！」

みるみるうちに、オーレリアの頬がさらに赤く染まる。彼が口にしたのは、まさに彼女にとって図星と言えるような色だったからだ。ギルバートに対する尊敬だけでなく、言葉にできないほどの彼への愛しさや、彼の隣にいられることへのときめきまでもが完璧に見透かされているような気がして、彼女は思わず両手で顔を覆った。

「私が思っていることは、ギルバート様にはすっかりお見通しなのですね……」

オーレリアを、ギルバートがそっと抱き締める。

「あくまで心の色が感じられるだけだから、考えていることまで詳細にわかる訳ではないがね。だが、嫌だったかな？　気持ちが悪いだろうか」

「いえ、そんなことはありません。ただ……想《おも》いの丈《たけ》が筒抜けになっているようで、恥ずかしかっただけで」

「君の言葉にはいつも、嘘《うそ》がないね」

ギルバートは真《ま》っ直《す》ぐにオーレリアを見つめると、柔らかく笑った。

「世の中の人間の大半は、自分の心を推し測られることを嫌がるはずだ。表面的には取り繕っていても、腹の中ではまったく別のことを考えているような者も少なくないからね。後ろめたいところがある人間ほど、俺のような能力は邪魔に感じるだろう」

「そんな……」

ギルバートの心情を慮《おもんぱか》って表情を翳《かげ》らせたオーレリアの瞳を、彼は覗《のぞ》き込《こ》んだ。

「だから、君を含むほんの一部の身近な人間しか、俺の力は知らないし、これからも言うつもりはない。でも、君がそんな俺をそのまま受け入れてくれることが、俺にとってどれほど救いになっているか。……一番大切な君が受け入れてくれるなら、俺にはそれだけで十分だよ」

「私は、ありのままのギルバート様のことが大好きです」

オーレリアは花が綻ぶように笑う。

「ギルバート様がどんな能力をお持ちであろうと、貴方様の隣にいられることが私にとっての幸せですから」

感極まったように、ギルバートはぐっと言葉を詰まらせると、彼女を抱き締める腕に力を込めた。

「いくら心の色が見えるといっても、やはり言葉にしてもらえると嬉しいものだな」

「ふふ。きっとギルバート様には大体おわかりなのでしょうけれど、これからも、お伝えしたいと思うことは、気持ちも含めて、できるだけ口に出すようにしますね」

「ああ、そうしてもらえたらと思うよ。……愛しているよ、オーレリア」

ギルバートの唇が、優しくオーレリアの唇に重ねられる。角度を変えながら少しずつ深くなっていく口付けに、オーレリアの口からは甘い吐息が漏れた。

足からかくんと力が抜けた彼女の身体を、ギルバートが繊細な宝物にでも触れるような手付きでゆっくりと抱き上げる。

「あっ、ギルバート様……」

少し慌てた様子のオーレリアに、ギルバートは微笑みかけた。

「だんだん冷えてきたし、そろそろ部屋に戻ろうか」

「はい。でも私……」

自分の足で歩けますから、と言おうとした彼女の言葉を、ギルバートは途中で遮った。

「俺がこうしていたいんだ。いいかな?」

オーレリアも、月明かりの下で、ギルバートの頰がほんのりと色付いていることに気付く。彼に至近距離から甘く美しい笑みを向けられて、くらくらするような眩暈《めまい》を覚えたオーレリアは白旗を上げた。

「ありがとうございます、お言葉に甘えさせていただきますね。……でも、ちょっとだけ悔しいような気がします」

ギルバートは不思議そうに目を瞬《まばた》いた。

「悔しい?」

彼の瞳には、桜色から桃色へと、ますます鮮やかに染まるオーレリアの心が映っている。けれど、オーレリアは頬を染めたまま頷いた。

「はい。だって、ギルバート様にばかり私の心が――貴方様のことが大好きな私の胸の内が透けて見えて、私には貴方様の心は見えないのですもの。……私にも、ギルバート様の心の色が見えたらよかったのに」

意外なオーレリアの言葉に、彼はふっと笑みを零した。

「心の色が見えなかったとしても、今の俺の気持ちは、君に筒抜けになっているような気がするがな」

オーレリアがギルバートの顔を見上げると、彼女が愛しくて堪《たま》らないといった様子で、溢《あふ》れるほどの愛情が滲《にじ》み出《で》ている彼の表情に加えて、その瞳の奥には隠し切れない熱が籠っていた。

（そう言えば、今は結婚式の晩……）

彼女だって、それを忘れていた訳ではない。ギルバートと籍を入れてから、彼の身体の回復を優先するばかりだったオーレリアの心の準備ができるまで、彼は静かに待っていたのだ。奥ゆかしい彼女のことを、結婚式を挙げるまで、ギルバートは胸に想いを留《とど》めて見守っていたのだった。

そんな彼の心遣いに、はたと思い至ったオーレリアは真っ赤になると、染まった頬を隠すように、思わず彼の胸に顔を埋めた。

（ギルバート様はこれまで、私の気持ちを慮って、ずっと待ってくださっていたのだわ……）

以前は、オーレリアの緊張を見透かしたように、ただ彼女を腕の中に抱き締めるだけだったギルバートのことを、彼女は思い返していた。心の色が見えるせいで、きっとギルバートには必要のない遠慮までさせてしまっていたのだろうと、申し訳ない気持ちが胸に広がる。

そんなオーレリアが可愛《かわい》くて仕方ないといった様子で、ギルバートは彼女の身体を抱き上げたまま屋敷の中へと入っていった。

寝室のベッドの上にそっと下ろされて、オーレリアは頬を染めたまま彼を見上げた。オーレリアの気持ちを確かめるように、ギルバートから彼女の唇に優しいキスが落とされる。

自分の心臓の鼓動が聞こえそうなほどに、胸が激しく高鳴るのを感じていたオーレリアだったけれど、ギルバートが今まで待っていてくれたことへの感謝を示すように、彼の首にそっと両腕を回した。彼女の想いを感じて、ギルバートがふっと口元を綻ばせる。

「ずっと大切にするよ」

耳元で囁《ささや》かれたギルバートの声に、オーレリアの身体に甘い痺《しび》れが走る。ただでさえ絶世の美男子である彼から漂う驚くほどの色気に、オーレリアは息が止まりそうになっていた。小さく頷くのが精一杯だった、余裕のないオーレリアを、ギルバートの温かな腕が柔らかく包み込む。そして、再び彼はオーレリアに深く口付けた。

「ギルバート、様……」

ようやく息ができた時、潤んだ瞳で恥ずかしそうにギルバートを見上げたオーレリアの柔らかな身体を、彼はぎゅっと力強く抱き締めた。それでいて、どこまでも優しく触れるギルバートの手と、愛しげにオーレリアに向けられる甘い瞳に、彼女は全身が熱く溶けてしまいそうな心地がしていた。

そんなオーレリアを見つめて、ギルバートが幸せそうな笑みを零す。

「本当に君は可愛いな」

彼の目には、うっとりするような美しい薔薇色《ばらいろ》に染まっていくオーレリアの心が映っていた。

二人の長く甘い夜の始まりを、窓の外から白い満月が仄かに照らしていた。

番外編二　真実の声

オーレリアは、魔剣の練習を終えて額の汗を拭うギルバートに微笑《ほほえ》み掛けた。

「また一段と、調子が上向いていらっしゃるようですね」

ギルバートが魔剣を振るう時には、オーレリアは大抵彼の側で見守っている。まだ無理をして欲しくはないと、ギルバートの体調を心配していたオーレリアだったけれど、彼の回復は目覚ましかった。冷たい飲み物をオーレリアから手渡され、ギルバートも彼女に笑みを返す。

「ああ、ありがとう。君が見てくれていると思うと、何だか調子が出るみたいだ。……今日のこのハーブティーも、爽やかな香りで飲みやすいね。これには、何が入っているんだい？」

「リラックスや疲労回復の効果があると言われている、ローズマリーです。ミントも足しているので、さっぱりしているかと思います」

「その通りだね。……疲労回復か。君も飲んだ方がいいかもしれないな」

ふっと笑みを零《こぼ》したギルバートは、軽くオーレリアを抱き寄せると、彼女のこめかみに優しく口付けた。このところ、毎晩のようにギルバートに愛されているオーレリアの頬が、さっと色付く。

「……！　そ、そうですね……」

恥ずかしそうにやや俯《うつむ》いたオーレリアのことを、ギルバートは愛《いと》しげに見つめた。

「君が側にいてくれるだけで、新しい力が湧いてくるような気がするんだ」

「そのお言葉はとても嬉《うれ》しいのですが、くれぐれもお身体《からだ》を大切になさってくださいね。どうか、無理だけはなさいませんように」

「ああ、気を付けるよ」

一息吐《ひといきつ》いたギルバートは、軽く首を傾《かし》げると、じっとオーレリアの顔を覗き込んだ。

「どうしたんだい？　何か悩み事でも？」

（やっぱり、ギルバート様にはお見通しみたいだわ）

オーレリアは肯定を示してこくりと頷《うなず》いた。

「実は、妹のブリジットを見舞いに行こうと考えていたのです。まだ入院しているらしいので、これから病院まで出掛けて来ようと思っています」

「……そうか」

ギルバートが、微《かす》かに表情を曇らせる。オーレリアは慌てて口を開いた。

「あの、見舞うのは妹だけで、もうトラヴィス様にお会いするつもりはありませんから、その点はご安心くださいね」

「それは結構だが、俺も病院まで一緒に行くよ」

「そこまでしていただくには及びませんわ。ギルバート様は、どうぞごゆっくりなさって、お身体の疲れを取ってください」

どこか心配そうなギルバートの表情に、オーレリアには、彼が言わんとしていることが何となく感じられた。

（前回ブリジットを見舞った時に、ギルバート様には彼女の心の色が見えたのかしら）

負った怪我《けが》やトラヴィスへの失望と怒りに、周囲に当たり散らすようにして、心をすっかり閉ざしていたブリジットの心の色は、いったいどれほど暗く濁っていたのだろうと、オーレリアの胸は痛んだ。

「気が強くて、難しい部分もある子ですが、それでも妹ですから。私に何ができるかはわかりませんが、せめて話だけでもできればと思っています」

「もちろん、君が妹を見舞うことを止めるつもりはないが……」

そう言いながらも、ギルバートはまだ顔を翳《かげ》らせている。そんな彼ら二人の耳に、馬車が近付いてくる音が届いた。

程なくして、馬車から降りるフィルの明るい声が響く。

「ただいまー！　兄上もオーレリアも、庭に出ていたんだね」

にっこりと笑ったフィルは、兄の腰に提げられた大きな魔剣を見つめた。

「また魔剣の練習をしていたの？」

「ああ。こうして一日に一度くらいは魔剣を振らないと、何だか落ち着かなくてね」

フィルは少し眉尻を下げた。

「兄上らしいけど……無理しちゃだめだよ？」

「オーレリアにも同じことを言われたよ」

穏やかに笑ったギルバートは、駆け寄ってきたフィルの頭を撫《な》でた。オーレリアが手にしている水筒を興味津々といった様子で見つめたフィルに、彼女も笑い掛ける。

「中身は冷たいハーブティーなのだけれど、フィルも飲むかしら？」

「うん！　ちょうど喉が渇いていたんだ」

「ふふ、それはよかったわ。これはローズマリーとミントのハーブティーよ」

美味《おい》しそうに勢いよく水筒を空けていくフィルをにこにこと眺めてから、オーレリアはギルバートに向かって口を開いた。

「では、お二人で部屋に戻っていてくださいね。簡単なお菓子もキッチンに用意してありますから、よかったらどうぞ」

オーレリアの言葉に、フィルが目を輝かせる。

「わあ、お菓子。やったあ！　……でも、オーレリアは一緒に食べないの？」

「ええ。私は、これから妹を見舞いに行こうと思っているの」

軽く顔を顰《しか》めたフィルは、思わずといった様子でギルバートと顔を見合わせた。

「そうなんだ、あの妹さんにね。実の妹だっていうのに、オーレリアとは性格が正反対だよね……」

フィルの渋い顔を見て、オーレリアが苦笑する。トラヴィスとの婚約解消を、妹のブリジットが攻撃的にけしかけた場面を、フィルが見ていたことを思い出したのだ。

「ねえ、オーレリアは一人で妹さんを見舞いに行くつもり？」

「そうよ。さっき、ギルバート様も一緒に病院に行くと言ってくださったのだけれど、お疲れのところ申し訳ないし、単に妹を見舞うだけだから、私一人でも何も問題ないわ」

「ふうん……」

それが心配なのだとでも言わんばかりに、フィルは眉根を寄せていた。ギルバートが再び口を開く。

「やっぱり、俺も君について行くよ」

「じゃあ、僕も行く！」

フィルがにっこりと笑う。

「えっ、ギルバート様にフィルまで、本当に、わざわざ病院まで来てくださるのですか？」

面食らっているオーレリアの横で、ギルバートとフィルはちらりと目を見交わした。

「まあ、前に魔物が出た場所でもあるからね」

「そうそう。何かが起きてからじゃ遅いから。それに、万が一、あの元婚約者の彼がオーレリアに気付いて、会いに来ても困るしね」

（二人とも、随分と私に過保護なような気がするわ……）

申し訳なさそうに眉尻を下げてから、オーレリアは二人に向かって微笑んだ。

「わかりました、ありがとうございます。ではご厚意に甘えさせていただきますね。お時間をいただいてしまって、すみません」

「いや、君が謝ることは何もないよ」

「そうだよ。僕たちが勝手について行くだけなんだから」

オーレリアには、ギルバートとフィルが口にした魔物のことは、彼女に遠慮させないためのただの口実に過ぎないのだろうと、そんな気がしていた。突然現れたワイバーンをギルバートが倒して以降、病院の周辺にはすっかり魔物が出なくなったという話は、オーレリアの耳にも入っていたからだ。

二人が表情を翳らせた理由が、彼女にはほかにあるように思えてならなかった。

(ブリジットは今、病院でどう過ごしているのかしら。少しでも、怪我が良くなっているといいのだけれど……)

前に見舞いに訪れた時、憎々しげに睨《にら》み付《つ》けてきた妹の瞳を思い出して、オーレリアは小さく溜《ため》息《いき》を吐いた。

＊＊＊

妹が入院している病院の前で、ギルバートの手を借りて馬車から降りたオーレリアは、彼とフィルと並んで病院に足を踏み入れた。

入口で、妹を見舞う旨を告げたオーレリアだったけれど、その時、近くのドアが開き、中から白衣を纏《まと》った初老の男性が現れた。

男性はギルバートの姿に気付くと、目を輝かせて彼に駆け寄った。

「これはこれは、ギルバート様……！」

突然現れた男性を困惑気味に見つめるギルバートに、彼は続ける。

「私はこの病院の副院長を務めている者です。先日は、この病院をワイバーンから救ってくださって、本当にありがとうございました」

彼は深々と頭を下げてから、ギルバートに笑顔を向けた。

「あの当時は院内が混乱しておりまして、貴方《あなた》様にきちんとお礼すらできず、大変失礼いたしました。院長も、是非お礼をお伝えしたいと申しておりましたので、ほんの少しだけお時間をいただけないでしょうか」

「いえ、礼には及びません。それに、俺は妻の家族の見舞いに、付き添いで来ただけですから」

ギルバートが困ったように副院長を見つめる。目の前の彼からは、完全な善意で言っていることが感じられ、無下に断ることが躊躇《ため》われたからだ。

フィルは微笑むと、兄を見上げた。

「オーレリアには、僕が付いているから。副院長先生がそう言ってくださっているんだし、行って来たら？」

「どうぞ私のことなど気にせず、行っていらしてください」

二人の言葉に、ギルバートは少し迷ってから頷いた。

「では、すぐに後から追い掛けるよ」

「お邪魔をしてしまい、申し訳ありません。ですが、ギルバート様にお会いできたら、院長も必ず喜びます」

嬉しそうな副院長に連れられて、ギルバートは院長室へと案内されていった。

「ギルバート様、さすがですね……」

彼らの背中を見送りながら呟《つぶや》いたオーレリアに、フィルもこくりと頷く。

「うん。まだ本調子に戻った訳じゃないのに、いきなり華々しい活躍をしちゃったからね。王国軍でも、兄上には復帰の期待が高まっているみたいでさ」

「まあ、そうでしたか……」

不安気に瞳を揺らしたオーレリアを、フィルが見つめた。

「すぐにそんな話にはならないようにするから、オーレリアは心配しないで」

「ありがとう、フィル。でも、もし何かあったら、私にも知らせてもらえるかしら。それに、あまり一人で抱え込まないようにして欲しいの」

それまでも、長い間にわたって臥《ふ》せる兄を支えてきた、年齢以上に大人びて見えるフィルのことを、オーレリアは気遣わしげに見つめ返した。

「うん、わかってる。……ありがとう、オーレリア」

彼女の優しい心遣いを感じて、フィルは穏やかに微笑んだ。

＊＊＊

オーレリアがブリジットの病室のドアをノックすると、少し遅れて中から妹の声が返って来た。

ゆっくりとドアを開けたオーレリアの顔を見て、ブリジットの目がはっと見開かれる。

「……何しに来たの、お姉様？」

つっけんどんな妹の口調に、オーレリアは微かに苦笑した。

「あなたを見舞いに来たのよ、ブリジット。具合はどう？」

見舞いの果物をベッドサイドに置いた姉の言葉には応えぬままに、ブリジットは姉から少し離れた後ろに控えているフィルに気付いて、小首を傾げた。

「あなたは、誰？」

「はじめまして、僕はギルバートの弟のフィルと言います。オーレリアには、いつも助けてもらっています」

「ふうん……」

礼儀正しく頭を下げたフィルを眺めてから、ブリジットがふいっと窓の外に視線を移す。

「お姉様は、エリーゼル侯爵家で随分と大切にされているみたいね」

何と返せばよいのかと戸惑いながらも、オーレリアは正直に答えた。

「そうね。ギルバート様にもフィルにも感謝しているわ」

「そう……」

ブリジットはオーレリアを振り向くと、唐突に言った。

「トラヴィス様の方が、私よりも先に退院したの」

「そうだったの。それは知らなかったわ」

驚いたオーレリアに向かって、ブリジットは続ける。

「お姉様がトラヴィス様に治癒魔法を掛けたんですって？　どうやら、その魔法が効いたみたいね」

「ねえ、ブリジット。私でよかったら、あなたにも治癒魔法を……」

「いらないわよ、お姉様のお情けなんて。自分のことは、自分の魔法でどうにかするわ」

ぷいっと再び横を向いた彼女は、悔しそうに唇を噛《か》んだ。

「どうして、お姉様の魔法の方がトラヴィス様に効くのかしら……」

そのまま俯いたブリジットは、呟くように言った。

「ワイバーンに襲われた時、トラヴィス様は私が逃げようとしたと思ったみたいだったわ。でも、本当はね……私、咄嗟《とっさ》に魔物を避けようとはしたけれど、トラヴィス様を置いて逃げるつもりなんてなかったの」

　妹の胸の内を聞きながら、オーレリアは静かに頷く。

「そうだったのね」

「あの程度のワイバーンですら仕留め損なったトラヴィス様には失望したけれどね。ただ……」

　ブリジットはぎゅっと拳を握り締めた。

「私、トラヴィス様ならきっと、私を守ってくださると思った。私の身を案じて逃がしてくださるか、身を挺《てい》してでも庇《かば》ってくださると……。でも、結果はそのどちらでもなかったわ」

　苦しそうに顔を顰めながら、ブリジットが言葉を絞り出す。

「彼は、私が逃げられないように腕を摑《つか》んだの。あの時のトラヴィス様の歪《ゆが》んだ顔が、今でも忘れられないわ。私、どうしても許せなかった。……こんなに彼に信頼されていなかったことが」

　今になって吐き出された妹の想《おも》いに、オーレリアはつきりと胸が痛むのを感じた。

（この子だって、トラヴィス様を支えようと必死だったんだわ）

　ブリジットが皮肉な笑みを浮かべる。

「もし、トラヴィス様が私を助けようとしてくださったなら、私は何があったって、トラヴィス様のお身体の回復を優先したと思うわ。でもそうではなかったから、あの時、私はトラヴィス様ではなくて、あえて自分に治癒魔法を掛けたの。それでも、こんな醜い痕が顔に残っちゃったけれど」

　ふっと小さく息を吐いた妹を見つめて、オーレリアは、彼女の気持ちを敏感に察していた。

（トラヴィス様にあの時すぐに治癒魔法を掛けなかったことを、ブリジットはきっと後悔しているのね）

気遣わしげにブリジットを見つめたオーレリアの前で、彼女がぽつりと零す。

「……お姉様から彼を奪った罰が当たったのかしら」

それまで、姉の婚約者を奪い取ったことに、後悔も反省もしていない様子だった妹からの意外な言葉に、オーレリアは目を瞠《みは》っていた。

返す言葉が見付からずに口を噤《つぐ》んでいたオーレリアに、ブリジットは独り言のように呟いた。

「トラヴィス様は、まだ私を見舞いにすら来てはくれないの。でも、それも当然かしらね」

どこか皮肉っぽい口調とは裏腹に、普段は気が強い妹が一瞬だけ見せた悲しそうな表情に、オーレリアの心が揺れる。

（この子はきっとまだ、トラヴィス様のことが……）

オーレリアはブリジットを労《いた》わるように見つめた。

「ブリジット……」

口を開きかけた姉を遮るように、ブリジットはもう普段通りの顔で続けた。

「余計なことを喋《しゃべ》っちゃったわね。そろそろ帰ってくれる？」

いくらトラヴィスへの文句を吐いても、本当はずっと心の中で彼を想っていた様子の妹を、オーレリアはやるせない思いで眺めた。以前にブリジットを見舞った際には、トラヴィスとの婚約を遠からず解消するのかと思ったけれど、彼との婚約をまだ解消していないのは、彼女が今でも彼に気持ちを残しているからなのだろうとオーレリアには感じられた。

トラヴィスを奪っていったブリジットではあったものの、彼が自分と婚約していた時から、妹は本気で彼を慕っていたに違いないと、オーレリアは遠く思い返していた。

自分が病室のドアをノックした時も、トラヴィスが見舞いに来たことを期待したのだろうかと、そんな考えがふとオーレリアの頭をよぎる。

取り付く島もない妹の様子に、仕方なく諦めて背を向けたオーレリアの耳に、妹の小さな声が届く。

「じゃあね、お姉様」

もう窓の方に顔を向け、姉を振り返る様子もないブリジットだったけれど、どこか柔らかくなった彼女の声のトーンを感じて、オーレリアは妹の背中に向かって微笑み掛けた。

「また来るわね、ブリジット」

フィルと並んで、オーレリアは妹の病室を後にした。

＊＊＊

「フィル、付き合ってくれてありがとう」

「……ううん、どういたしまして」

神妙な面持ちでいたフィルは、オーレリアに声を掛けられて我に返った。

それまで、彼はブリジットの心の声を聞きながら、何とも複雑な思いを抱いていたからだ。

（あの人、あんなにずっとオーレリアに嫉妬してたのか……）

プライドが高く、かつトラヴィスを想っているがゆえに、彼を奪ってからも、姉に深い妬みを抱き続けていたブリジットの心の声に、フィルは何とも言えない気持ちになっていた。

いくらトラヴィスに想いを寄せていたとはいえ、姉のオーレリアを酷《ひど》く傷付けて彼を奪ったブリジットを、フィルは絶対に好きにはなれない。けれど、その苛烈な性格に似合わず、口では不平や不満を並べても、実は一途《いちず》な彼女の切実な想いが意外だった。

（兄上が、オーレリアが妹を見舞うのを心配していた気持ちもわかるな）

ブリジットが激しい嫉妬を胸の中に渦巻かせていることに気付いていたギルバートは、妹を見舞う際、優しいオーレリアが傷付けられないかを案じていたのだった。

オーレリアがトラヴィスの元を去ってからも、彼が姉の治癒魔法を忘れられずにいる様子に憤っていたブリジットは、姉がトラヴィス以上の男性に愛され、幸せそうにしていたことが許せなかったのだ。そんなブリジットの理不尽な怒りを、フィルは目の前にした彼女から読み取っていた。

けれど、それと同時に、もう見舞いになど来ないだろうと思っていた姉が、再び自分を見舞ってくれたことに対する、驚きと困惑と微かな反省が、彼女の心からは滲《にじ》み出ていた。

（……それに、あの人、最後にちょっとだけオーレリアに感謝してた）

決してブリジットは口には出さなかったけれど、オーレリアが病室を出る際、彼女の心からは、苦しかった胸の内を聞いてくれた姉への感謝の声が、ごく小さく聞こえていた。

そして、オーレリアはそのことを感覚的に理解しているようだということも、フィルは彼女の心の声から察していた。

「……もう、これで大丈夫？」

オーレリアに尋ねたフィルに、彼女は頷く。

「ええ。ブリジットも、ああ言っていたしね」

妹の身体を案じてはいても、無理に彼女に治癒魔法を押し付けることもなく、妹の考えを尊重して、ただ彼女の話に耳を傾けていたオーレリアの優しさを感じて、フィルはふっと微笑んだ。

階段をオーレリアとフィルが並んで下りていると、思いがけない声がオーレリアに飛んだ。

「そこにいるのは、オーレリアかい……？」

オーレリアの目が驚きに見開かれる。そこには、階段を上ってくるトラヴィスの姿があったからだ。フィルは、咄嗟にオーレリアを庇うように半歩前に出た。

トラヴィスは、オーレリアに伸ばしかけた手をはっとしたように引くと、しばらく彼女を見つめてから、掠《かす》れた声で一言だけ呟くように言った。

「すまなかった」

オーレリアが、かつての婚約者に向かって口を開く。

「私のことはいいですから。ブリジットを見舞いに来てくださったのでしょう？　早くあの子のところに行ってあげてください」

「……ああ」

短くそれだけ言葉を交わすと、トラヴィスは二人とすれ違って階段を上って行った。

オーレリアがトラヴィスを振り返ることはなかったけれど、フィルがちらりと後ろを振り向くと、彼は未練がましい瞳を彼女に向けていた。

階段を下り切ってトラヴィスの姿が完全に見えなくなってから、フィルはぼそりと呟いた。

「あの人、今もオーレリアのことを……」

「えっ？」

「ごめん、何でもない」

フィルが微かに苦笑する。トラヴィスとすれ違った時、彼の心の声をフィルは聞いていたのだ。

（確かに反省はしているようだったけど、あんなにオーレリアを傷付けたのに、今も彼女のことが忘れられずにいるなんて）

婚約を解消した時には、オーレリアの治癒師としての可能性にしか興味のなかった彼が、今更、彼女に対するかつての恋心を蘇《よみがえ》らせて、深い後悔と共に強く後ろ髪を引かれている様子が、フィルには苦々しく感じられた。

　さらに、トラヴィスの心の声を聞いたフィルには、ブリジットを見舞う彼のポケットの中に、以前彼女に頼まれていた、贅沢《ぜいたく》な婚約指輪を収めた小箱があることもわかっていた。ブリジットとの婚約を維持して彼女の回復を待ち、再び治癒師としてパートナーになってもらうほかには、自分が魔剣士として復帰する道はないだろうという彼の打算が、フィルには透けるように読み取れた。

（でも、それだけじゃない）

　ブリジットは、オーレリアとはまったく性格が違う上に、今ではその顔の半分近くを毒の痕が覆っている。けれど、比較的オーレリアと似た容貌をした妹のブリジットに、既に失ってしまったオーレリアの面影を探そうと必死なトラヴィスの心の声が、フィルには切なく聞こえていたのだった。

　その時、オーレリアの心から声が響いてきた。

（あの二人、上手《うま》くいくかしら……）

「さあ、どうだろうね」

　妹を慮《おもんぱか》っている様子のオーレリアの心の声に、フィルはつい口に出して答えていた。

「……フィル？」

　不思議そうに目を瞬《まばた》いたオーレリアの姿に、彼女の心の声に返事をしてしまったことに気付いて、フィルがはっと口に手を当てる。

彼はしばらく口を噤んでから、意を決したように、真剣な表情になってオーレリアを見つめた。

「まだ、オーレリアには言っていなかったけど。前にあなたは、僕には考えていることが手に取るようにわかっているみたいだって言っていたでしょう？　……本当はね、僕には人の心の声が聞こえるんだ」

「そうだったのね」

労わるような笑みを向けてきたオーレリアを前にして、彼は意外な思いでいた。

「あんまり驚かないんだね？」

「そうね。どことなく、そんな気がしていたからかもしれないわ」

「気持ちが悪くはないの？」

ついそう尋ねたフィルの頭を、オーレリアがそっと撫でる。

「いいえ、ちっとも。……フィルもきっと、一人で色々なことを背負って大変だったでしょう」

年齢よりもずっとしっかりとして見える彼も、兄のギルバートと同様に繊細な心の持ち主であることを、オーレリアはずっと前から感じていた。望まなくても心から聞こえてくる真実の声に、悩み傷付くことも多かったであろうフィルを思いやる言葉に、彼はじわりと目に涙を滲ませる。

「……うん、ちょっとだけ」

オーレリアはフィルに向かって両手を伸ばすと、ふわりと抱き締めた。

「きっと、フィルが特別に純粋で、綺麗《きれい》な心の持ち主だから、神様が特別な力を与えてくださったのね。でも、辛《つら》くなったら、私にできることがあれば言ってね？　話くらいならいつでも聞けるから」

「オーレリアは優しいね。人が好《よ》すぎるのが、ちょっと心配だけどさ」

温かなオーレリアの腕の中でごしごしと目元を拭ったフィルは、階段の上のブリジットの病室の方向をちらりと見上げた。

「人の心って、ままならないものだね。あの二人は、色々と噛み合っていないような気がするけど……僕には他人の婚約に口を出す気はないし、まあ、今後どうなるかはわからないからね」

自尊心が高く、勘の鋭そうなブリジットが、トラヴィスの本心を見抜いても彼を受け入れられるのか、あるいは、どちらかが先に相手に愛想を尽かすのか。それとも、いつか互いに心を通わせる日がやって来るのか――二人にどのような未来が待っているのかは、フィルにもさっぱり予想がつかなかった。

「そうね。後は、あの二人次第なのでしょうね」

頷いたオーレリアに向かって、フィルは少し考えてから口を開いた。

「ねえ、オーレリア。前に、もう一つだけ言いそびれていたことがあるんだけど……」

「ええ、何かしら？」

首を傾げたオーレリアに、フィルが続ける。

「僕がオーレリアのところに、兄上との縁談を持って行った時にさ。もし兄上を看取《みと》ってくれたら、その後に僕があなたを妻に迎えるつもりだって話したのを覚えているかな？」

オーレリアはフィルを見つめて微笑んだ。

「よく覚えているわ。フィルの言葉には驚いたもの」

「オーレリアはあの時、僕が兄上のために将来を犠牲にするつもりだと思っていたみたいだったけど、僕はそんなつもりじゃなかったよ。僕はあの時から、オーレリアが素敵な人だってわかっていたし、今もあなたが大好きだから」

ほんのりと頬を染めたフィルの言葉に、少し驚いたように目を瞠ってから、オーレリアが柔らかく笑う。

「ありがとう、フィル。私もあなたのことが大好きよ。こうして家族になれて、嬉しいわ」

「うん、僕も」

心のどこかでつかえていた言葉を口に出せたことで、フィルは清々《すがすが》しい気持ちでオーレリアを見つめると、にっこりと笑った。

「兄上に嫁いできてくれて、そして支えてくれて、本当にありがとう」

「こちらこそ、私をエリーゼル家に迎えてくれて、心から感謝しているわ」

二人が微笑み合った廊下の先で、一つのドアが開いた。

「あっ、兄上だ」

笑顔の院長と副院長に囲まれて部屋から出て来るギルバートの姿を、フィルが遠目に認めた。

フィルとオーレリアに気付いて急ぎ足でやって来たギルバートが、眉尻を下げて苦笑する。

「すまない、すっかり遅くなってしまって。……その様子だと、もう妹の見舞いは終わったのかな？」

「はい。でも、お気になさらないでくださいね」

「特に何も問題なかったよ、兄上」

「そうか」

ほっとしたように微笑むギルバートの前で、フィルが悪戯《いたずら》っぽく笑う。

「それに、久し振りにオーレリアと二人きりで話せたしね」

「ふふ、確かにそうね」

穏やかな笑みを浮かべたオーレリアの隣で、どことなくすっきりとした表情をしているフィルの頭を、ギルバートは優しい手付きで撫でた。

「それはよかったな。では、もう帰ろうか」

寄り添うギルバートとオーレリアに、深い愛情と信頼に裏付けられたしっくりとした空気を感じながら、フィルは明るい瞳で二人を見つめた。

（運命の相手っていう言葉が、兄上たちを見ているとよくわかる。僕にも、いつか兄上にとってのオーレリアのような、たった一人の相手が見付かるといいな）

帰りの馬車に乗り込む三人を包むように、初夏の爽やかな風が通り過ぎていった。

番外編三　大切な人

オーレリアは、窓から差し込む眩《まぶ》しい朝陽《あさひ》に気付いて目を瞬《まばた》いた。薄いカーテンが、開いた窓の間から吹き込む風にそよいでいる。

（外はよいお天気みたいね）

頬を撫《な》でていく朝の涼やかな風を感じながら、オーレリアはベッドの上で、隣でまだ眠っているギルバートを見つめた。オーレリアに腕枕をしたままの彼の穏やかな寝顔に、彼女の口からほうっと感嘆の溜息《ためいき》が漏れる。

（何てお美しいのかしら……）

ギルバートに嫁ぎ、彼の一番近くで過ごす日々を重ねてきたけれど、オーレリアはまだ彼の美しさに慣れてはいない。品良く整った彼の顔立ちは、オーレリアにはどんな絵画や彫刻よりも美麗に感じられる。ギルバートの顔が、薄いカーテン越しに差し込む朝陽に照らされ、長い睫毛《まつげ》が白い肌に淡い陰影を落としている様子に、彼女はまだ夢見心地のままうっとりと見惚《みと》れていた。身体《からだ》を包むギルバートの体温が心地良く、オーレリアはこのままずっと彼の腕の中にいたいような気分だった。

オーレリアがしばらくギルバートの寝顔を眺めていると、彼の睫毛が揺れて、その目が薄く開いた。

「ん……」

ギルバートは、自分を見つめるオーレリアの視線に気付くと、その輝きの強い碧眼《へきがん》で、嬉《うれ》しそうに彼女を見つめ返した。

「おはよう、オーレリア」

「お、おはようございます、ギルバート様」

目覚めたばかりのギルバートと完全に目が合ってしまい、ずっと彼を見つめていたことに気付かれて、オーレリアは恥ずかしそうに頬を染める。

ギルバートは楽しげに笑みを零《こぼ》すと、オーレリアの唇に優しく唇を重ねた。

「朝からそんなに可愛《かわい》いと、君をこのまま離したくなくなってしまうな」

オーレリアを包む彼の腕に、ぎゅっと力が込められる。彼の甘い微笑《ほほえ》みにくらくらと眩暈《めまい》を覚えて、オーレリアは真っ赤になっていた。

室内を照らす眩しい陽射《ひざ》しに、ギルバートが目を細める。

「気持ちのいい天気だな。今日はどこかに出掛けようか」

「ギルバート様、お身体の具合は大丈夫ですか？」

「ああ、問題ないよ。君のお蔭《かげ》で、最近は、以前とほとんど変わらない生活が送れるようになってきたからね」

にっこりと笑ってから、彼はオーレリアの柔らかな亜麻色の髪にそっと顔を埋めた。

「でも、あとほんの少しだけ……」

そう言いながら、ギルバートが目を閉じた気配を感じて、オーレリアもくすりと笑った。普段は完璧で隙がない彼のこんな姿を見られる時は、滅多にない。

（……私も、このままベッドから出られなくなってしまいそうだわ）

ギルバートへの愛《いと》しさが胸に込み上げてくるのを感じながら、オーレリアも彼の背中にゆっくりと両腕を回した。

＊＊＊

「おはよう、兄上、オーレリア」

眠そうに目を擦りながら起きてきたフィルを、ギルバートとオーレリアが朝食の席で迎えた。

「フィル、おはよう」

「おはよう。よく眠れたかしら、フィル？」

「うん。今日は王立学校が休みだと思ったら、気が緩んだみたいでちょっと寝坊しちゃった」

小さく欠伸《あくび》をしたフィルを、二人が温かな瞳で見つめる。

「フィルがよければ、これから三人で出掛けないか？」

兄とオーレリアの顔を見て、フィルはふふっと笑った。

「たまには二人で出掛けておいでよ。今まで、兄上とオーレリアは、二人だけでゆっくり外出する機会もあんまりなかったでしょう？」

彼の言葉に、ギルバートとオーレリアは頬を軽く染めると顔を見合わせた。そんな二人を前にして、フィルが続ける。

「兄上の身体だってせっかく回復してきたんだし、オーレリアはそんな兄上をずっと支えてくれたんだしさ。それに、兄上が行こうと考えている場所は、二人で行くことをお勧めするよ？」

フィルの言葉にさらに頬を色付かせたギルバートを見て、オーレリアは小さく首を傾《かし》げた。

「ギルバート様は、どちらに出掛けようとお考えなのですか？」

「まあ、それは着いてからのお楽しみっていうことでいいんじゃないかな？」

ギルバートの代わりにそう答えたフィルが、オーレリアに向かって軽くウインクをする。

「僕は期末試験も近いから、今日は家で勉強しようと思ってたしね。……その代わり、できたらお土産をよろしくね！」

オーレリアとギルバートも、にっこりと笑ったフィルにつられるように微笑んだ。

「ああ、もちろんだ」

「フィルの気に入りそうなものを探してくるわ」

「うん、ありがとう！」

明るい顔をしたフィルの頭を、ギルバートが柔らかく撫でた。


ギルバートとオーレリアは、フィルに見送られて馬車に乗り込むとエリーゼル侯爵家を後にした。

「フィルは、私たちに気を遣ってくれたみたいですね」

オーレリアは、馬車の窓からフィルを振り返りながら手を振っていた。ギルバートもフィルに手を振ると頷《うなず》いた。

「ああ、そのようだな。だが、今日は彼の厚意に甘えるとしようか。行き先は俺に任せてもらってもいいかい？」

「もちろんです。どこに向かうのか、楽しみにしています」

フィルの言葉を思い出して微笑んだオーレリアに、ギルバートも笑みを返す。

「日帰りできる距離だが、しばらく馬車で行くことになるよ」

「わかりました」

馬車に揺られながらギルバートと話しているうちに、オーレリアが想像していたよりも早く馬車が速度を落とし始めた。

「もうすぐ着くようだな」

「はい。ギルバート様と話していたら、馬車に乗っている時間もあっという間でした」

「俺も同じことを考えていたよ。……さあ、降りようか」

微笑んだギルバートの手を借りてオーレリアが馬車を降りると、そこは美しい古都の入口だった。歴史を感じさせる古い石造りの建物が、道の両脇に立ち並んでいる。軒を連ねる店の前は、多くの人々で賑《にぎ》わいを見せていた。

「ここは……？」

辺りを見回したオーレリアに、ギルバートが口を開く。

「モリッツという、ずっと昔に王都があった町だよ」

「名前を聞いたことはありましたが、訪れたのは初めてです。綺麗《きれい》な町ですね」

オーレリアは、町の奥に聳《そび》える古城を見上げて目を細めた。空に伸びる尖塔《せんとう》が、穏やかな陽光を浴びている。

ギルバートは楽しげに言った。

「この先に、君に見せたい景色があるんだ」

「見せたい景色、ですか？」

「ああ」

にっこりと笑ったギルバートに手を引かれて、オーレリアは石畳の道を歩いて行った。食べ物や服飾品、土産物などを扱う様々な店の間を、彼と並んで歩くだけでもうきうきと心が弾む。

ギルバートは、道の途中でオーレリアが目を惹《ひ》かれた、地元名物の焼き菓子や、この地方でしか採れない珍しい果物のジュースなどを買い求めると、彼女と一緒に楽しんだ。

（こんな風にギルバート様と二人の時間を過ごすのは、確かに初めてだわ）

にこにこと嬉しそうに笑うオーレリアを、ギルバートは愛しげに見つめていた。行き交う人々から庇《かば》うように、ギルバートがオーレリアの腰を抱き寄せる。

「人が多いが、疲れてはいないかな？」

「いえ、まったく。こうしてギルバート様と一緒に町を散策できて、とても楽しいです」

「それならよかった」

ギルバートに輝くような笑みを向けられて、オーレリアの頬が染まる。彼女は歩きながら再び周囲を見回した。

「……ギルバート様の仰《おっしゃ》る通り、随分と賑わっていますね」

「ああ。この時期は例年、祭りさながらに賑わうようだね。モリッツの町には以前、フィルと一緒に両親に連れられて、同じ季節に一度だけ来たことがあるんだ」

「そうだったのですね。思い出のある場所なのに、フィルは来なくてもよかったのでしょうか……」

申し訳なさそうに眉尻を下げたオーレリアを見つめて、ギルバートは微笑んだ。

「代わりに、フィルには土産をたくさん買っていこう。さっき君が食べた焼き菓子は、前に来た時に彼が気に入っていたから、ちょうどいいかもしれないね。……それから、フィルが俺たち二人でここに来ることを勧めてくれた理由も、もうすぐわかると思うよ」

「……？　はい」

　オーレリアには、なぜギルバートと二人だけでこの町に来ることをフィルが勧めてくれたのか、まだわからなかった。けれど、周囲を見回してみると、どことなく若い男女の割合が多いようにも見える。

　美しいギルバートに目を奪われて、通りすがりに彼を振り返る若い女性も少なくはなかったし、彼の隣に並ぶオーレリアに対する羨ましそうな視線も、彼女はちらほらと感じていた。けれど、他の女性には見向きもせずに、オーレリアだけを見ていると、そう態度で示してくれるギルバートが、彼女には心強かった。

　以前、トラヴィスと婚約していた時には、彼が周囲にちやほやされ、持ち上げられるほど、オーレリアに対する態度は冷たくなっていった。かつてのオーレリアの心の傷まで包み込むように、ギルバートからは、何があっても彼女だけを大切にするという深い愛情がはっきりと感じられる。オーレリアには、そんな彼の優しさが嬉しかった。

「もう少しで着くよ」

　美しい古城のすぐ前の広場でギルバートから言葉を掛けられ、オーレリアは不思議そうに尋ねた。

「目的地は、このお城ではないのですか？」

　城を間近から見上げると、外壁に施された彫刻は見事なものだった。正面には麗しい女神の像が戴《いただ》かれ、その横に並ぶ神々や昔の聖人たちを模した像も、まるで生きているように見える。所々に立体的に彫られた植物や花々も、時を越えて当時の優美さを保っていた。素晴らしい城に見惚れていたオーレリアに、ギルバートは微笑んだ。

「いや、向かっている場所は、この城のすぐ裏手なんだ」

彼と手を繋《つな》いで城の横を通り過ぎ、道の角を一つ折れた時、オーレリアは目の前に広がる景色に感嘆の声を上げた。

「わあっ……！」

同時に、ふんわりと芳しい香りがオーレリアを包む。そこには、深く澄んだ小さな泉を囲むようにして、広々とした薔薇園《ばらえん》が広がっていた。赤、桃色、黄色、紫、オレンジ色に白といった色とりどりの薔薇が、そこかしこに咲き誇っている。

目を輝かせたオーレリアに手を引かれるようにして、ギルバートも薔薇に近付いた。

「いい香り……」

真っ白な薔薇に顔を寄せ、うっとりと目を細めたオーレリアの姿に、ギルバートは口元を綻ばせる。

「とっても素敵な場所ですね」

頬を上気させて、興奮気味に辺りを見回すオーレリアに向かって、ギルバートは嬉しそうに口を開いた。

「気に入ってもらえたならよかったよ。君は花に詳しいし、こういう場所も好きかと思ってね」

「こんなに美しい場所があるなんて……まるで、御伽噺《おとぎばなし》の中に迷い込んだみたいですね」

聳える古城を背景にして、泉を囲んでたくさんの薔薇が咲き誇る様子は、さながら美しい一枚の絵のようだった。

（あれは……？）

澄んだ青色の泉に向かって、何組かの男女が手を繋いで頭《こうべ》を垂れている様子に気付いて小首を傾げたオーレリアに、ギルバートが微笑み掛ける。

「あの泉には、その昔、女神が現れたという言い伝えがあるんだ」

「女神様が？」

「ああ。言い伝えによると、遥《はる》か昔、この国を創った王が魔物に襲われて命を落とし掛けた時、王妃は涙を流して、夫を助けて欲しいと神に祈ったそうだ。彼女の流した涙は泉となり、その中から現れた美しい女神が、王妃の願いを聞き入れて王の命を助けた。泉に姿を消した女神への感謝を込めて、国王と王妃は、泉の周りに薔薇を植えたと言われているよ」

オーレリアも泉を見つめて微笑んだ。

「まあ。素敵な言い伝えですね」

「その城も、だからこの泉のすぐ側に建てられたのだそうだ。さっき、城の正面に見えた女神の像を覚えているかい？」

「はい、とても美しい像でした」

「あの像は、この泉の女神を模しているんだ。そして、初代の国王と王妃が生涯仲睦《むつ》まじく過ごしたことから、彼女は永遠の愛を司《つかさど》る女神だと言われているよ」

フィルの言葉を思い出しながら、オーレリアがギルバートを見上げる。

「では、この場所を若い男女が多く訪れているのは……」

「ああ。泉の女神が、永遠の愛を誓う男女を祝福すると言い伝えられているからだよ」

ほんのりと頬を染めたオーレリアに、ギルバートは愛しげに微笑み掛けた。

「昔、両親にその話を聞いた時、いつの日か、俺も愛する人とこの場所を訪れるのだろうかと想像したんだ。それからしばらくは、この場所の存在を忘れていたし、ここに来るのもそれ以来なのだが……君を妻に迎えてからは、いつか君と来たいと思っていたんだ」

オーレリアがはにかんだ笑みを浮かべる。

「ギルバート様と一緒にこの場所に来られて、とても嬉しいです。私を連れて来てくださって、ありがとうございます」

「俺も、君とこの場所に来ることができてよかったよ」

笑い合った二人は泉に近付くと、泉の前で揃《そろ》って頭を垂れて目を閉じた。

（ギルバート様とずっと一緒に、幸せに過ごせますように）

彼に出会えたこと、そして順調な身体の回復に対する感謝と共に、今後の彼の身の安全を泉の女神に祈りながら、オーレリアは静かに頭を下げていた。ギルバートと繋いだ手に力が込められるのを感じて、オーレリアもその手にそっと力を込める。

彼女とギルバートがゆっくりと頭を上げてから泉を覗《のぞ》き込《こ》むと、神秘的な青色が水の中に揺らめいて見えた。

ふわふわと幸せな気分で、ギルバートと並んで、様々な種類や色の薔薇が咲き乱れる中を歩きながら、オーレリアは甘い香りを胸いっぱいに吸い込んだ。

「私、薔薇の花が今まで以上に好きになりました」

「それはよかったよ。帰りがけに、フィルへの土産と一緒に、薔薇の苗もいくつか買って帰ろうか？」

「はい！」

顔を輝かせたオーレリアを、ギルバートは優しく抱き締めた。

＊＊＊

「本当に綺麗でしたね。あの薔薇園も、泉も、古いお城も、そしてこの町も」

馬車の中から、遠ざかっていくモリッツの町を名残惜しそうに眺めるオーレリアのことを、ギルバートはそっと抱き寄せた。

「楽しんでもらえたようで、よかった。俺も、君と来ることができて嬉しかった」

「お土産も、フィルに喜んでもらえるでしょうか」

二人の横には、フィルお気に入りの焼き菓子がたくさん詰められた大きな包みと、彼への小洒落《こじゃれ》た万年筆を納めた箱、そして、まだエリーゼル侯爵家の庭にはない、白とオレンジ色の薔薇の苗を入れた袋が置かれている。

ギルバートは温かな微笑みを浮かべた。

「ああ、きっと喜ぶと思うよ」

「今度は、フィルも一緒に来られたらいいですね」

「そうだな、次は三人で来ようか」

オーレリアはギルバートの胸に身体を凭《もた》せ掛《か》けると、満ち足りた表情で呟《つぶや》いた。

「こんなに幸せで、いいのでしょうか」

自分を否定された過去の心の傷も、こめかみに残る傷痕も、すべて包み込むように受け入れてくれた、誰より大切なギルバート。そんな彼の隣にいられる幸せを、オーレリアはしみじみと噛《か》み締《し》めていた。

ギルバートが、オーレリアを見つめて愛しげな笑みを零す。

「それは俺の台詞《せりふ》だよ」

ギルバートに優しく唇を重ねられる。そのまま抱き締められ、力強く温かな彼の腕を感じながら、オーレリアはそっと目を閉じた。

馬車の窓から差し込む橙色《だいだいいろ》の夕陽《ゆうひ》が、想《おも》い合う二人を柔らかく染めていた。

あとがき

こんにちは、作者の瑪々子《めめこ》と申します。この度は、『傷物令嬢の最後の恋』をお手に取ってくださり、誠にありがとうございます。

本作品は、それぞれに傷を抱えたオーレリアとギルバートが、互いの存在に救われ、癒《いや》されていく物語ですが、フィルを含めて、隠し持った異能が一つの鍵になっています。授かったことが必ずしも幸せとはいえない能力を秘めながらも、それをきっかけにした出会いや、その力自体を前向きに活かしていくことで、次第に運命が開けていく様子を描きたいと思いました。

とはいえ、ふっとアイデアが思い浮かんでから、いざ書き始めてみると、登場人物がひとりでに動き出して物語を作ってくれたような感覚の強い作品でした。オーレリア、ギルバート、そしてフィルといった登場人物たちに、私のほうが感謝したいような気持ちになっています。

白谷《しろや》ゆう先生には本当に魅力的なイラストを描いていただいて、感謝の気持ちでいっぱいです！　登場人物たちの内面まで映し出された、雰囲気たっぷりの美しいイラストをいただく度に、感嘆の溜息を吐いていました。書影のラフ画をいただいた段階から感動しきりだったのですが、表情も繊細な色使いも素晴らしいイラストを描いていただき、登場人物たちも幸せだと感じています。ギルバートとオーレリアはもちろんのこと、個人的にお気に入りのフィルもとびきり素敵に描いてくださって、ありがとうございました。

そして、本作品でも大変お世話になりました編集者の上野朋裕様、ご一緒させていただけて幸せでした！　行き届いた温かなサポートと頼りになる的確なアドバイスに、いつも救われていました。また、こうして本作品が書籍化され、無事に出版を迎えられたのも、販売部の皆様、校閲部の皆様、美しいカバーデザインをしてくださったデザイナー様や、その他この作品に携わってくださったすべての方々のお蔭です。この場を借りて、心よりお礼申し上げます。

本作品のコミカライズも進行中ですので、どうぞご期待ください。一足先に原稿を拝見していますが、素晴らしく美麗に描いていただいています！　マンガアプリ「Ｐａｌｃｙ」等にてコミカライズが決定しておりますので、こちらも楽しみにしていただけましたら幸いです。

最後になりますが、この本をお手に取ってくださった皆様に、改めて感謝申し上げます。こうして皆様に読んでいただけることが、一番の喜びです。皆様に本書を楽しんでいただけることを、心から願っております。

２０２４年６月　瑪々子

ファンレター、
作品のご感想を
お待ちしています。

あて先

〒112-8001　東京都文京区音羽2-12-21
（株）講談社　ライトノベル出版部 気付

「瑪々子先生」係
「白谷ゆう先生」係

より魅力的で楽しんでいただける作品をお届けできるように、みなさまのご意見を参考にさせていただきたいと思います。Webアンケートにご協力お願いします。

https://lanove.kodansha.co.jp/form/?uecfcode=enq-a81epi-49

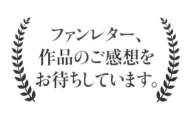

Kラノベブックスf

傷物《きずもの》令嬢《れいじょう》の最後《さいご》の恋《こい》

瑪々子《めめこ》

2024年7月31日第1刷発行

発行者　森田浩章
発行所　株式会社 講談社
〒112-8001　東京都文京区音羽2-12-21
電　話　出版　(03)5395-3715
販売　(03)5395-3605
業務　(03)5395-3603
デザイン　KOMEWORKS
本文データ制作　講談社デジタル製作
印刷所　株式会社ＫＰＳプロダクツ
製本所　株式会社フォーネット社

KODANSHA

ISBN978-4-06-536750-6　N.D.C.913　290p　19cm
定価はカバーに表示してあります